笔尖上的芭蕾

·济南·

图书在版编目（CIP）数据

笔尖上的芭蕾 / 巴陇锋著 . —济南：山东教育出版
社，2024.5
　ISBN 978-7-5701-3004-7

Ⅰ.①笔…　Ⅱ.①巴…　Ⅲ.①散文集 – 中国 – 当代
Ⅳ.①I267

中国国家版本馆CIP数据核字（2024）第 095499 号

BIJIAN SHANG DE BALEI
笔尖上的芭蕾
　　　　　　　　　　　　　　　　　　　　　　　　巴陇锋/著

主管单位：山东出版传媒股份有限公司
出版发行：山东教育出版社
　　　　　地址：济南市市中区二环南路 2066 号 4 区 1 号　　邮编：250003
　　　　　电话：（0531）82092660　　网址：www.sjs.com.cn
印　　刷：山东黄氏印务有限公司
版　　次：2024 年 5 月第 1 版
印　　次：2024 年 5 月第 1 次印刷
开　　本：880 毫米×1250 毫米　1/32
印　　张：6
字　　数：113 千
定　　价：38.00 元

（如印装质量有问题，请与印刷厂联系调换）印厂电话：0531-55575077

目录

第一辑

老日子

　　秋去冬来，冬去秋来，时光走老了我们的年岁……

　　在我心里，住着无数被毁的树木，它成为我不安的渊薮，我的罪愆。

柳木号

是的，柳木号是上苍赐给寂寞孩童的礼物。

记得早先少年时，每逢春天摆"杨柳风"不久，柳木号声就连天地响起在陇东高原的山山峁峁、村村户户，成为古老高原的奇观和我记忆的珍宝。

在老家，柳木号又叫咪咪或咪子，与唢呐发声的哨片同名、同形。

柳木号是不用花钱买的神奇响器和宝物，它随春天而来，可我们在冬天就开始想它了。陇东的冬季寒冷漫长，易无聊，当我们从货郎手里买到气球柳木号玩具的时候，当我们玩雪、溜冰、吹猪尿泡的时候，当我们打纸炮、打牌、踢方响炮的时候，当我们羡慕大哥哥们的铁链子、用加倍的东西换着打的时候，当我们冻腊八坨儿、提灯笼闹元宵的时候，当我们燎疳、撒"红眼猴"的时候，心中就无比思念那属于春天、属于我们的柳木号。

是的，柳木号是上苍赐给寂寞孩童的礼物。它伴着草木发芽、小麦返青、锄麦、挖荠菜，伴着上坟、放牛放羊、挖小蒜，是和掐苜蓿、割马椒椒、吃猪耳朵草一起的，是与那愁人的开学读书写话作文一起的。当我们变得勤快参加春耕时，父母便很慷慨地做柳木号奖赏我们；当我们和小哥哥们一起时，他们就会兑现曾经拍着胸脯保证我们的事：开春后一定爬柳树，给你折柳枝，扭柳木咪咪吹喇叭。

不消说，扭咪咪是技术活，小娃娃做不来。

迎着狗舌头舔脸般舒坦的风儿，闻着沁脾花香和新鲜畜粪，我们颠颠地跟在大人屁股后呼哧呼哧跑，一边四下仰视着高柳的婀娜身姿，忍不住一阵发急：美美的柳枝，哪一个是要给我扭的咪咪呀！眼前情不自禁浮现出折柳枝的一幕：矫健的大人猛撂下自己的事，阔步走近柳树，伸手直接攀折，或在我们来不及看时就一个箭步爬上树，很快折下一根根笔直滑嫩的柳条儿，热情招呼我们围观他娴熟的扭咪咪技术……

大失所望的是，父母往往忙于农事，大哥哥们的爱好也永远与我们大异其趣。无奈，我们也会耍小诡计，没遮没掩地朝小弟妹吼："哎……怪毛娃，吹喇叭，一脚桩到案底下！"若是半天不应，我们会变本加厉，震破头喊："喂……柳木号，柳木号，你不响我不要！"果然，一听是能吹响的喇叭号，流着涎水正玩土坷垃的小不点来劲了，立喊着要咪咪，话未说完就拿出看家本领，睡地上哭闹蹬腿儿。大人们妥协，笑着满足了我们的"阳谋"。

我们得意了，在春阳里撒欢，胡吼乱叫："牛角马角，不响垮破！"边乐边目不转睛地观察柳木号的制作过程：大人选好一截直嫩柳条，边演示边讲解，待我们点头，才从柳枝的大头处轻轻撕开几绺皮，接着左手紧握整个柳枝，右手攥住柳枝的大头用力扭，渐次由粗到细一路扭下去，直到最细处，没法扭了才停手；喳，整个柳皮都被扭离了滑溜的木芯；最后，将末端折断扔掉，一手捏住柳皮，另一手从大头儿往外抽木芯。如此，一长截筒状的柳枝皮便在大人的手上诞生。不待大人用小刀儿将两头剪齐并救咪咪——设法将其弄得吹响，我们便自个儿上手了，用剪刀和小刀截出所要的长度，将小头捏扁，上面的硬皮用指甲抠掉，急不可耐地搭嘴试吹，不满意再救、再试，直到声音心满意足。

绿色多起来，吹柳木号的娃娃也多起来，满庄都是此起彼伏的柳木号声。有人拿到课堂上吹，被老师训："别玩物丧志！"可我们早将心放飞在春风里。

也有用杨树枝、蔷薇枝、槭树枝扭的，也有用马莲叶子弄的，也有用葱叶掐的，都能吹响，吹出我们的开心。葱叶柳木号，吹着吹着我们就把它消灭了，直辣得掉眼泪、喊妈妈。

转眼，柳枝长老，其他树枝也长老，不能扭咪咪了，我们便分外珍惜手上的咪咪。为了提防它变干、开裂，影响到音色，不吹时我们便用清水焖着咪咪，又担心焖得太胀变形了吹不响。整个儿魂牵梦萦！侍弄宝贝的过程，我们增长了知识，懂得声音的产生、音的时值、音色、音高、音强、润滑，热胀冷缩、湿胀干缩等，也学会了与人相处……实践出真知，最终我们将自己也侍弄成了扭咪咪的高手。

记忆中，柳木号是属于男孩子们的玩具。很少见女孩儿有柳木号，即便吹，到了有性别意识时就会退出，真是男女有别呀！

文本改定于2022年4月18日西安兴庆轩，首发于2022年4月19日《春城晚报》副刊，入选多个版本的中考语文模拟试卷。

扫码获取
●作者访谈实录
●散文鉴赏点津
●考场真题链接
●创意写作启迪

燎疳

> 你方唱罢我登场，黄土高原的村庄过起了气势宏大的火把节。

时常在网上看到燎疳的文章，但没打开过。不是无感，怕勾起乡愁。不得不说，燎疳是我童年的大趣事，随时令人想起那火红的篝火、欢乐的人群，以及远去的故乡和童年。记忆中的燎疳，是童年的狂欢节，令我没齿难忘。

十里不同俗，不消说，我要说说家乡陇东的燎疳。

燎疳燎疳，燎者，搭柴点火烤也，疳者，烂疮病也。燎疳，是旧时周祖故里陇东人民通过架火燎烤，驱除烧鼻、烂耳、破嘴巴等烧破病的仪式化节庆行为。七十三岁的母亲来城前，燎疳六十年，光操持家庭燎疳之事就四十多年，提起燎疳，如数家珍：燎疳从正月二十一到二十五共五天，单纯搭火连着三天，是正月二十二、二十三、二十四；二十一下午疳来，二十四疳上树，二十五疳入土、礼成事毕。疳来之前，先要备好二十一日晚饭和二十二日整天的饭食，从疳来到第一次燎疳前不能动刀子、针线，要把碗筷笊篱等厨具拾起来。这期间吃茶面、毛糊子和备好的饭，地上也不能泼水……总之，得合于礼。

但我所感兴趣者，是燎疳中合于"火"的部分。

要燎疳，先弄柴草。一般是临时收拾，一次弄够三天烧的，燎毛蒿是必备之良品。年前九月就已枯黄的半人高蒿子，此时早已枯干朽脆。小伙伴们呼朋引伴地扛着挂有滑子绳的镢头，下到燎毛蒿一望无际的荒野，轻松撸下一大片，便开始打捆。蓬松的燎毛蒿即便大如小山也没几斤几两，要不断用脚踩实；用绳捆好后，再拿镢头木把的小头朝捆儿的中心猛插下，最后扛镢把上肩、连带背起一大捆燎毛蒿轻松回家。捆大招风，得注意不要被风刮走。望着小山般撂在门畔的燎毛蒿，娃娃们心里痒痒，巴不得马上天黑燎疳。

燎疳的过程充满奇幻妙趣。终于挨到晚上，急急地将燎毛蒿堆稍门口，喝完汤，急火火催全家人到门外，阵势比除夕、元宵夜搭门前火要隆重得远。兴兴头头，大人也来、女人也来，襁褓里的婴儿也来。人齐了，急点火。真是干柴烈火呀，火苗尚未送到跟前，燎毛蒿就急火火燃起来，一下子火焰扑天而去，吓得人都朝后退；火焰的边沿越烧越大，箭起两三米高的纺锤形火柱，照得人面颜滚烫、心里开花。须臾，大胆的孩子朝火柱里跳去，一次次助跑、跳跃、回跳而过，大人们也高抬起脚，在火的边缘轮着腿脚燎烤；火快活地嚯嚯笑，与豁豁牙的童叟笑声应和，女人们拿着笊篱碗筷针线盒，伸长了胳膊，朝火上反复抢着、烤着；小孩子早急得哇哇叫，好在火柱渐低渐小，大娃娃自己蹦过，婴儿则被人轮流抱紧胳肢窝，长垂身子在火焰上左甩右甩、上抢下抢着玩儿，小孩乐得嘎嘎笑，全家笑出泪来；火焰再小去，人们不住跃过火堆，大姑娘们放下矜持，不再担心长发辫儿被燎，轻盈地掠过火堆；最后，火焰成灯苗，扑哄一下熄灭，只剩红的灰烬。人们拿根柴棍，反复捶打着火堆，火堆变成一团不断跳跃的红玉米、红高粱、红糜子、红麦子颗粒，预示着今年要丰收的庄稼。很快，五六分钟的欢乐便转瞬即逝。

正值下弦月，月黑风高，满天星儿看着辛苦经年的土地上的狂欢节，也快活地眨着眼儿。燎疳尾声，孩子们上演重头戏——撒"红眼猴"。是拿了土坷垃，朝它唾上唾沫，再蘸上火堆里的火星，并迅速将其抛向夜空；顿时，夜空里留下一串串流星般美丽弧线——那是只剩下红眼的"红眼猴"飞蹿的踪迹。孩子们欢呼起来，全家人欢呼起来，全村人欢呼起来，全陇东的夜喧腾起来……这是周祖先民们给寂寞人们的难得欢娱，是陇东周祖民俗文化的精妙所在。你方唱罢我登场，黄土高原的村庄过起了气势宏大的火把节。

孩子们满庄跑，争抢着参与别家的燎疳，直等到夜深人静，还不肯回家。睡梦中，脸上挂着甜甜的笑意，回忆着当晚的快乐、盼望着明晚的焰火，直到二十三号、二十四号——送疳，还要烧干草、响炮。连续狂欢，让我们坐在课堂上发困，却又忍不住盼望起来年的燎疳。

我时常想，篝火晚会也不过如此吧。大约经过十二个陇东火把节，我就读初中了，似乎再也没有经历过那欢乐的燎疳，或许某天正好碰见过，但不记得了。大儿子生在老家，但似乎也没燎过疳，也许父母带着他燎过。果真那样，我觉得他是幸运的，我以为燎疳实乃人生之一大乐事也。刚进城那两年的除夕夜，互助路火树银花不夜天；这几年大唐不夜城的夜景也是闻名海内外，但这些，比之故乡充满野趣的燎疳，还差着兴味儿哩。

燎疳是先民发明的生活仪式，是留给后人的迷思，给我们欢乐启迪和成长记忆。燎疳于我，已是卅年前的事了。我是多么怀念燎疳呀，多么怀念那有燎疳的故乡，那背燎毛蒿、钻火墙、抛"红眼猴"的童年。

最近，母亲和我的鼻子都生了疮，不知是否久不燎疳的缘故。

本文写于2021年4月26日，发表于2021年9月24日《文化艺术报》龙首文苑副刊，被多家媒体转发、传播。

养蜂记

作为亲蜂派，我绝非浪得虚名，而是近乎
专业。

在所有小生灵里，我最熟悉的莫过于那使人望而生畏的蜜蜂。何哉？我家养过蜂，最少时一窝多时八九窝。春夏秋季蜜蜂盘旋头顶，嗡嗡声不绝于耳，经常爬进人脖子、蹿遍周身。父亲是个养蜂好手，我对养蜂、分蜂、割蜂蜜、护蜂喂蜂等，也是样样通晓。

先别怕蜂。常见的蜜蜂是工蜂，蜂巢里另有一只母蜂即蜂王，和数量有限的雄蜂（无刺）——与蜂王交配繁衍后代。蜂虽然有刺，却是和平主义者，人不犯我，我不犯人；人若犯我，我必以死犯人。一想到蜂蜇人就会连刺带肠拔出而死，我便十分心疼。谁要侵犯蜂窝或长时间挡住蜂的交通要道，蜂便群起而攻，可见蜂是爱憎分明的勇敢卫士。蜂落身上，别紧张乱拍，即便拍死，蜂刺也可能蜇你。遇到群蜂攻击，最好躺地，蜂自散去。

作为"亲蜂派"，我绝非浪得虚名，而是近乎专业。家里那本《养蜂法》，绿色封皮上有只黄褐色蜜蜂图案，父亲平日里只是查阅，主要被我翻烂。要我说，养蜂得懂蜂，乐于和蜂打交道，必要时帮它渡过难关。

春天乍暖还寒，冬眠的蜂被个别暖天催醒、懵懂地飞出巢，等不到飞回就冻得"香消玉殒"了。所以这时，要将蜂巢口用棉花堵上。春荒时要防病供粮，不然打开蜂巢，看到饥寒交迫而死的蜂成堆，令人伤心。蜂减员大半，甚至所剩无多，也别担心，只要蜂王在，就会生生不息。气温渐暖渐正常，成群的蜂飞出蜂窝，在花丛中开始一年辛勤劳作，重建家园。春末夏初，大约中槐抽新枝时，去年就产下的卵长成新蜂出巢，便一发而不可收，新蜂很快填满巢，旧家难以容纳。蜂王是明君，会及时产出新蜂王，每个新王的长成试翼之日，就是分蜂之时。夏秋是采蜜的好时节，也是重建的蜂群过光景的时候。然而，初秋的荞麦花对蜂有麻醉作用（或因蜂太贪，采蜜过多的缘故），蜂往往朝窝口飞着飞着就坠下来——阴雨天更多，地面、窗台上爬满。人该施救了，弄到干爽地方，歇息回缓过来，蜂便绕着滞重的圈儿飞走。中秋后北方渐冷，蜂蜜灌满，但蜜蜂不放过最后机会，忙着采集野菊蜜糖。不久，气温再降，得给蜂巢口壁加厚保暖，只留指头粗的上下俩小口通气。冬季选择暖和天，开蜂巢打扫，防病补食。

养蜂有历险般欢趣。

初夏晴天的上午正忙时，突觉"嗡儿嗡儿"的声音和气流，你会立即明白，分蜂了。抬头，只见数以万计的蜜蜂，在距离院子三四丈高的半山庄子的崖面周围密匝匝翻飞，阵势在缓缓移动，一时难以把握。忙叫人提了灰笼，不断抓草木灰朝空中的蜂群扬去，拦住飞逃线路。幸运的话，蜂群会聚拢，越聚越密，盘旋在当院的树头。一会儿，一只工蜂身量两倍的蜜蜂逐渐接近树股，最终落定：蜂王落了！这一步很关键。其他蜂跟着王纷纷下落，树股上已落成灰褐色鸡蛋大的一疙瘩蜜蜂，周围的蜂仍不断踊跃加入。瞧，翻飞的蜂继续形成个高三四丈、半径两米左右的桶装阵势，越接近树越密集。再看，树股上的蜂已攒成拳头大了，很快又变成碗口大并越来越大……半小时后，蜂全落在树股上，酷似背对着的倒立人头。

此时主人端一马勺凉水，感谢为他截蜂的人。这样的好运，很难得。那年，我们一连跑走几窝新蜂，让人难过。跑的蜂，多是老早就踩好窝的，或受突然影响而临时飞走的。嘿嘿，有来有去，我家的空蜂窝，也曾奇妙地来过一窝蜂。

蜂落静，抓紧收蜂。给笊篱里抹上蜂糖，一人高举着笊篱，将口朝下轻挨着蜂团，反扣在那个蜂攒成的"脑瓜盖"上；另一人攥一大把中槐嫩枝叶，从黑褐色的"脑瓜盖"下方朝上不断撩拨，驱蜂入笊篱。俩人不住念叨：蜂儿蜂儿上笊篱，蜂儿蜂儿盖庙哩……大约一个半时辰，蜂全被收入笊篱。早有人赶来，高兴地付钱买走。

割蜂蜜危险，却充满诱惑。一般夏天视情况会割点，但主要在中秋割。晚上备好盆锅刀，点好火药子，戴上头罩，扎好衣袖口子后，就打开蜂窝。蜂黑黢黢一团骚动着，护卫满是蜜糖的蜂片，用火药子熏烤驱走蜂，从紧挨蜂箱木板的地方割断蜂片，两手捧到盆子里。——这是土蜂的割法，损伤很大。蜂巢拥挤，蜂往往不舍离去，被一起端锅里熬了。一般要连割好几窝蜂的好几个蜂片，只留极少给蜂……等不及熬成糖，我们就拿着生蜂格子吃，咽下糖吐出蜡来。

第二天，遭大劫的蜜蜂会报仇，别家的蜂、大黄蜂也趁机寻衅，这时喷点酒精、白糖水，会好点。平日里，也要提防大黄蜂这恶贼。我们经常与蜂并肩作战，保卫家园。

养蜂增添了我童年趣味。若不愿分蜂太过，扳掉蜂王台，便得到昂贵的蜂王浆。夏天热，晚上蜂会出窝乘凉。要是心细，中午还可发现蜂王与胖乎乎的雄蜂当空交尾的惊鸿一幕……熬蜜时，留点生蜂格子打牙祭，并滋润冬日里发皴的皮肤。这都是养蜂的妙处。

本文写于2021年4月29日，首发于2021年6月13日《羊城晚报》花地副刊。

桑树颠的童年

那时家家有自留地和园子，我家园子在窑洞上的场后面，
是菜园、果园、桑园，也是我们口福园、欢乐园。

咦，谁能想象到小孩一不留神，成了"上树娃"；谁又
能相信有小子自春到秋每个中午在桑树上度过，人们都叫
他"桑树娃"！事情奇则奇矣，却非瞎说，我就是那个娃。

当"上树娃"须神勇，赢"桑树娃"雅号，则出于钟
爱。跳一丈高崖不眨眼，走墙头如履平地，一人高的小树
只消一个猛子便跨上，两丈的电杆哧溜几下能到顶；摇摇
欲坠的崖边高树细股上，我吓傻了全村人，自个却仍凌空
逞能……这些事现在想来胆寒，小时候却很平常。像我这
样胆肥的"土匪"，能"专宠"了桑树，实因那桑葚。

那时家家有自留地和园子，我家园子在窑洞上的场
后面，是菜园、果园、桑园，也是我们口福园、欢乐园。
小时觉着大，现细想，约莫半个篮球场稍大点，呈直角梯
形，西南面筑短墙，其余面因坍塌而临空。园里植树、种
菜、栽花，一方韭菜、两畦葱蒜、炕大一片笋叶、三五种
花而已；大树围小树，果树居多，有桑树五棵。仲夏，我

常犯险爬树，吃那带着温热的桑果，而后猛摇，赐人地下抢吃。

园子南二三十米是小学，父亲教书，我毕业八年后回村任教，和他同事。童年，每当春末夏初八点五十放早学，我们排起队，唱着"太阳当空照"或"我们要做共产主义好少年"，兴高采烈出门。校门南开，西路队伍右转绕校墙西南角而北，走百余米就回到我家园子前。只剩我和父亲几人，望着铃铛似的泡桐花和浅黄色桑枝上的燕喳啦，饥饿中我随父亲进园，驱赶嗛菜叨花的鸡们，顺便膜拜芍药花和菜的长势，并摘菜回家。

从桑树发芽长叶到开花结果抽枝，等得我心里蠕痒。终于等到小青虫般青硬的小桑葚羞答答探出头，我们欢呼雀跃，而其长大、由青绿变屁红再成软甜黑红的过程，更让人心里猫抓般急。这期间正养蚕。亏得有这事，否则多难挨！看着针尖般蚕卵孵出小蚕，我们兴冲冲摘桑叶去喂，一月多姑娘长大、变透亮，竟作茧自缚了。吃着蚕蛹，我们美梦成真——

桑果熟了。

盛夏的陇东高原温酥酥的。中午散学，鲜花般迎风招展的桑葚朝我欢笑，我打起扑棱着翅膀、将高枝压得忽闪忽闪正贪吃的燕喳啦，强忍着回家。囫囵吞完饭，装着午睡、却溜进菜园。小伙伴们纷纷涌来，商量着行动方案：挨场畔的，是老碗粗两米高的年轻桑树，叶和果最大，果像黑玛瑙和蚕蛹般肥美诱人；对面最东边的树最大，枝干漏斗样斜戳着，将桑果顶到两三丈高空，要抡棍去打，或等熟落后挑着吃；西北凌岁爷家猪圈的，是园中极品白桑树，青果显不出，成熟后晶莹剔透、蜜汁沾手、异常甜美，树干仅一米，好下手；白桑旁有棵小桑树，树干胳膊粗，太高，除我没人上去过，但桑葚串儿连，味很特别；南边椒树旁，站着桑园的丈夫——公桑树，正寂寞地张罗着夏虫的音乐会。

芄菱飘香，黄瓜蜿蜒，桑葚的诱惑则更大，我们直扑白桑树。桑中圣母早慷慨地将白果累累的枝丫抻我们脸上，大伙大快朵颐，吃完还不足兴，眼巴巴瞅着我。我一跃而上到第一个树杈，伸手紧抓右边第二个树杈，只两下就上到枝叶密不透风的树冠上。呀，我看到了美丽新世界！哇，我被晶亮的熟白珍果包围！想吃舍不得，犹犹豫豫还是开吃，馋得树下乱叫着吐槽求饶；吃好了，我才抱了树枝狂摇，众人欢呼……最好的桑葚在末梢，我清楚细枝不堪负荷，却还脑际嗡嗡着侥幸采摘。亏我魂福重，否则不会有现在。

时常带着挎包上树，摘了右边摘左边，今日这棵明日那棵，直摘到夏末，摘到桑葚熟落、化为养料。分享桑葚时，心比桑还甜。初秋，公桑树意外地结出零星的黑色小桑葚，很不起眼，可我们没得挑，吃个稀罕。虽说高处不站人，但公桑树沉稳、繁茂，像树屋，我经常借此栖息，向往着外面的世界。可惜，好时光很快过去。秋去冬来，冬去秋来，时光走老了我们的年岁，桑园也成了故园，毁弃在遥远的家乡。

进城后，几回回梦里回家，故园情深，桑树根是我永远的"根"。

本文2022年4月18日改定于西安兴庆轩，首发于2022年5月26日《西安日报》西岳副刊，后被2022年6月1日《呼和浩特日报》丰州滩副刊转载，同年又被6月25日《陇东报》北地风副刊转载。

陇东场活

与白雨赛跑的结果常常是虚惊一场，白雨最是随心所欲，每每隔犁沟下，究竟是哪块地谁家遭殃，委实只有天知道。

陇东老辈人云：黄是米做的。意为，盘中饭要用辛苦汗水换来。我对此体会深刻。

自七八岁到三十多岁进城前，我一直没脱离过农事劳作，十分熟悉耕种碾打晒等活计，其中夏收的辛苦深入我骨髓。我的长篇《永失我爱》有收麦的文字，引发论者悯农热议，而关于陇东夏收，我还可细说。

夏收即收麦碾场，俗称场活，是拼苦力的技术活儿。

收麦时，人蹲在三十几度的麦田里，边割边往前挪，农民自嘲为"学鳖走路"。收够一小捆，就用麦秆做的麦腰捆成"麦箭儿"；等收到有几十箭，就把这些小捆绑成两个大捆，用扁担挑起，扛着送至架子车能到的地方；攒够一大车，便装好车拉到场里，摞成摞儿。这样算黄算割，收捆担运摞，通常要持续半个月到一个月。运气不好遭连阴雨，就得眼睁睁看着成熟的麦穗发芽、当空长出绿莹莹的新苗，燃①牙麦是吃定了；要再倒霉雨继续下，后果便很严重，小麦窝成草粪的事，也是有的！所以，行龙季节，脚下要安马达。

碾场，更复杂。先收听邻省陕西天气预报，了解陕北天气——陇东与陕西连畔种地，离西安近，天气跟陕北走——待天气炎热晴好、确保陕北没雨，次日一早再来到村子最高处观察云的动向，断定平安无事，就吆喝全家老少齐上阵来摊场。先推倒辛苦摞起来的麦摞儿，再解开麦捆子，将麦穗一把一把地抓紧、窝向地，麦穗、麦杆子被折弯或弄断，然后将抓在手里的两撮儿麦子当空乱抖一番，最后麦穗朝上竖立着放在场心；如此反复，直至围着场心摊满场。这时，早日上三竿，火力渐盛，场里的小麦被晒得发出"哔哔啵啵"的欢笑。等迎光部分的麦秆晒得用手一动立断时，全家又齐动员，朝外圈翻摊，将埋在底下的翻出来晒。再晒干时，就再朝里圈翻。

翻场三四次，接近十二点时，放牛的将牛从深沟赶到场面，给两头牛——很少用驴马、骡子，奇蹄目的蹄子像女人的高跟鞋跟儿，不大中用，不如偶蹄目的牛的蹄子踩着那么残火、横行无羁——套上碌碡，牛就足履实地慢悠悠冲向了海一样"漫无边际"的麦场。这就开始真正的碾场。两只牛的八只蹄子，如同八个小碌碡拉着后面的大石头碌碡，大小九只碌碡将高高竖起、干得一碰就断的麦

---

① 西北地区方言，原指物体缠绕在一起，理不清，此处指黏牙。

子，踏倒碾顺，再逐渐踩碎碾烂。经过四五次朝外往里翻场，四棱八叉的麦穗早被碾成粉末儿，麦秆则被碾成柔顺洁白的麦秸儿，麦粒们也全乖乖地躺在麦秸底下的麦衣里酣睡。待到几乎所有的麦粒被碾下时，三四个钟头早过去，已是牛困人乏饥饿时。

往往在这个节骨眼上，东边子午岭上空的云头就以迅雷不及掩耳之势张牙舞爪地腾起，让疲惫不堪的人们不仅得不到喘息，还措手不及；眨眼间，云头变为高高的云脚挂起雨脚来，霎时电闪雷滚，大白雨气势汹汹袭来！全家人乃至全村人早忘了饥饿，慌里慌张卸了牛，扛起推刨、木杈、木锨、楗杈等农具，忙碌却极有章法地起场。将麦秸摞成摞儿，将麦衣和麦粒攒成堆儿。这些堆是不怕雨的，尤其是麦衣和麦粒堆儿，如魔法附体般再大的雨也侵它不透。与白雨赛跑的结果常常是虚惊一场，白雨最是随心所欲，每每隔犁沟下，究竟是哪块地谁家遭殃，委实只有天知道。但无疑，行龙天丝毫大意不得。倘若在没有起完场而遭了雨，那叫"塌场"，不仅遭人耻笑，而且后果极其严重——可以说，比天塌下来还熬煎。要真那样，等天晴后往往要再翻腾四五天，方可善后，而且注定要吃燃牙的长芽麦子，农人觉得晦气。倘若变为连阴雨，那便要重复"天杀人"的后果，麦粒直接长成绿汪汪的苗圃，让人心如刀绞，直要上吊。果真如此，还真得为这家人的性命操心！

正常情况下，人们将麦衣麦粒堆起，悠闲地喝茶吃饭聊天，忙里偷闲地休息一两个小时或者更长时间。当然，这个时间的长短，由天不由人。具体说，一切听风安排——如果风来了而且方向合适，那就得赶紧捉木锨扬场。扬场是用木锨将麦衣、麦粒儿端着抛向空中，借风力重力作用，麦衣和麦粒自然分离：麦粒重，一般到达最高点后会劈头盖脸地垂直落在扬场人的脚下；麦衣轻，则被风吹送到远处。如此反复，旁边一人（往往是女主人）拿着新的竹扫帚轻轻将个别没吹远的麦衣和麦秸渣儿扫去……一场麦一般得扬上两三个到四五个小时甚至更长。自然，这也是由风决定。有时正扬时，倒了风向，那就前功尽弃，得堆起重来，工夫一般都耽误到这啦。或者，刚才没下的白雨又信步转回，那就索性去睡觉，等雨过风再来时，再来扬……

"谁知盘中餐，粒粒皆辛苦。"农人的辛苦于此可见！

本文写于2021年4月28日，首发于2021年6月5日《吉林日报》东北风副刊，被多家媒体转发、传播。

毁林琐记

> 我是个生态主义者、绿色主义者，十年树木百年树人，父亲
> 打小培养我这些观念。毋宁说，我是他培植的一棵树。

在我心里，住着无数被毁的树木，它成为我不安的渊薮，我的罪愆。

小时候，我们巴原村是个巴掌大、枫叶状的小绿肺。全村绿树成荫，炎炎夏日行走村里，头顶不见太阳、四围凉风习习，小孩儿在庄里疯跑野玩，大人们劳作累了就在树下歇息乘凉、谈古论今，天地一派清明。从村子四下外望，几面大沟里、山岭上、南北二原畔，也是郁郁葱葱的绿野浩荡。我们虽是子午岭林区小山村，偏僻归偏僻，落后归落后，但不可否认，风景好。

可惜好景不长，砍伐搞得天怒人怨，自由蓬勃又真实的生活倏忽远去。

20世纪80年代初，林田山地牲畜等都分到了各家各户。人们开始分外上心自家光景，"拾到篮篮里才算菜"：牛羊早卧在自家圈里，可树木还夛在野外呢。木头须砍回梢门才是，即便不能，也得吆着牛羊牲畜去啃呀、去吃

吧，看谁嘴多嘴勤，一定要占够别家便宜让别人无便宜可占。这样想着，人们跑步进入全民毁林的癫狂时代。过程异常凶猛，人类的破坏力得到空前激励和放大，如同鸣哨开赛般，几乎一夜间，就将分到手的树木砍伐殆尽，又将没分的树，也偷伐一空。

山野在哭泣，子午岭林发出呜咽悲鸣，林线迅速从西边的万原村萎缩到我们村，又转眼把我们村抛到身后，森林和绿色渐行渐远。大自然哭丧狰狞，沙尘暴、干旱、泥石流接踵而来，村庄绿肺渐渐枯焦、变白，村子委顿……人们生活在焦虑惊惧中。

雪崩到来时，没有一片雪花是无辜的。自然灾害面前，亦从无局外人。

毋庸讳言，我当小学教导主任的父亲，也伐过树、偷过林、破坏过生态，这是不争的事实。像当时的所有老农一样，他拼了老命，将分到手的大树一棵棵砍倒、搬回家，砍得只剩二货沟里那棵大白杨。忙完大树他才惊奇地发现，分给我家的那片幼树林被别人偷伐严重，便将那碗口粗的幼树全部砍回了家。此前，我们还毫不客气地毁过别人家的林。自然，我和哥哥是帮手。

毁林让我忐忑、后悔，是我梦魇的一部分，成为我的耻、我们的耻。我甚至偏执地认为，这是大家包括你们共同的耻。无数个夜，一闭上眼就梦见父亲带着我砍树。前人砍树，后人遭殃，今天敦煌被毁的林、重现的沙尘，加重着我的羞耻。

笔尖上 的 芭蕾

我是个生态主义者、绿色主义者，十年树木百年树人，父亲打小培养我这些观念。可以说，我是他培植的一棵树。

前人栽树后人乘凉，父亲一生也栽过无数棵树。他曾号召全校师生植树种草，带头植树种草，更将这一观念带回家，灌注进我血脉。我家老庄子院内，有桑树、海棠、小泡桐，门口紧邻崖面是几棵小楸树，坡头凌空飘举着个大槭树。场畔园子里树影扶苏，很多桑树，白桑、红桑、公桑都有，桑葚是一年里最先成熟的果实，我的童年就是在桑树顶上度过的；苹果树、核桃树、桃树等果木树也不少，是我们的口福和滋养来源；果树间杂点着花椒树、桐树和各种蔬菜，甚至还有一株我们那里异常罕见的樱桃树。修新庄子后，父亲花木成畦手自栽，务艺①了各种树木。他去世那几天，正赶上杏子成熟，人们吃着杏，夸赞着他的手艺、他的树，感慨不已。

一念成佛一念成魔，就是这样一个父亲，因怕吃亏，而未能免俗地随大流，去乱砍滥伐，令人唏嘘。

坎坎伐檀兮，置之吾之家兮。人树大战中，几百年的老树像饮弹身亡的巨人般一个个被撂倒，锯成截儿，抬上原畔家里。往往一架沟里，十几波打树人在同时行动，"砰砰""嗤嗤""咔嚓"声穿山走林，此起彼伏。早饭后走到深沟大树下，主人敬烟、搭火烧上酽茶，大伙儿谈笑

---

① 指精心抚育和看护。

风生，铲去树身底部的浮土，将整地方的灌木杂草树叶碎石弄远，腾出个锯树的平地来；这时最得力的人吃烟喝茶已毕，往手上唾两口唾沫，就搭上锯俩人相对着拉推配合，将磨盘大的树干生生横锯断；偶尔，截断的大树呆呆蹲着、屹立不倒，这得人搭手，其余人千万脱离树高半径的圆面，提防被塌着。树倒下地非常缓慢，像英雄一样不屈，最终一个踉跄砸地，天摇地动，压得灌木丛拓出几米宽几丈长的一条印痕。所有人都兴奋地跑上前，瞻仰一番躺睡着的树，赞叹着，而后齐上手；所有斧子抡动、砍下，鲜枝活叶弃置一旁，树干则按主人意见截成所需的截儿。该解板解板，该扛椽扛椽，该抬树身抬树身，工作要持续几天。

砍树的经典战役是抬大檩子。十几个成年男子用粗树股作木棒，抬着俩人方可合抱、七八米长的湿树檩，从深约两里、呈七十度陡坡的险峻沟路上，朝原面往四五里远的家里抬；中间最陡地方坡度接近垂直，路成了"之"字，人树互相挤压，无处下脚无法回转，牛喘着快要倒下，但绝不允许歇息，要是谁因体力不支而稍一打战，那全部都将坠崖身亡……在这个充满凶险、令人后怕的队伍里，我走在最前面，垂着滑子绳往上慢拉。别看我力气小，但胆大机灵，起着稳定和牵引作用，紧要关头发挥四两拨千斤的作用，也承受了莫大的压力。我当时小腿软塌塌，已到极限，似乎马上窝下深沟；所幸，可怕的事情终归没发生。这，使我当时很自豪，现在却很悻悻。

新鲜残酷几年后，树已所剩无多，作为降维打击，杀硷畔正式上演——将山地硷畔上的灌木丛草墩一律挖掉，将根部沃土撒到下面的耕地里，以壮土壤。无疑，杀硷畔具有改良耕地之功效，但这也是个短视、危害极大的毁林行为，造成无可估量的水土流失，使生态修复难度陡然加大。

另外，当年人们还荒唐地抵制植树种草，用草种喂牲口，将树苗撂下山崖或就地埋掉，甚至偶尔会放山火。自欺欺人，痛心得难以置信。可无论如何，我们得时刻面对天，天不会撒谎。

令人失语的是，那些当年大费周章砍伐回来的木头，经过几次辛苦的搬迁转移，终无大用场，现如今已慢慢朽烂在老家的窑洞里，不甚寂寥。

三十多年后，每当我回老家给父亲上坟时，都可以看到我们家二货沟里那棵幸免于偷的大树。险要地势保护了它，使其站成绝无仅有的风景。

本文写于2021年3月28日，首发于《视野》杂志2021年第11期。

扫码获取
● 作者访谈实录
● 散文鉴赏点津
● 考场真题链接
● 创意写作启迪

过了腊八就是年

腊八在我们周祖故里庆阳，是个隆重的节日，尤其对于孩子。

　　昨晚去公园锻炼，经过交大，一股清幽香气扑鼻而来，知道蜡梅花又开了，虽然没有看到。正好元月一日，造物的鼓点何其精准呐！古城第一枝的如期而至，催生着万物，也催老了华年，令人一则以喜一则以悲。

　　每年我都会寻访蜡梅，在楼下的交大校园或兴庆宫。寻花的心绪，多为欣喜，亦难免落寞。伴着寒风穿林过，在干土或积雪与层积的枯叶上方，在光秃秃细溜溜的暗绿色四棱柱枝干上，如蝉翼似小黄蝶般的蜡梅花，突兀地含苞待放着，虽不艳丽，却清香满园，令我偷欢多时。可今年，竟忘记寻花，忽视了时令物候的善意提醒，岂不悲哉。

　　在我，大约冬是无趣的，枯冬思春，最敏感者莫过于冬至。那年冬至在高新上班，回家时晚霞装扮了城市的天空、楼宇、众生、万物，绮丽的高架飞蹿进霍霍燃烧的火烧云间；车上绕城高速，我心飞扬，确确乎意识到时间的心跳，感受到时令变化和心灵悸动发生了共振和耦合。前几年，单位年轻人多，冬至都会包饺子，提醒着节气变化。今年冬至，朋友邀我去他们影城，我带着七十六岁的老妈看《三大队》，另类吧。

冬至，至者，止也，白天不再短，而是长起来。就是这撞击了我心门，让我把冬至当作春的信使。冬至后十天，元旦接踵而来。一元复始万象更新，可元旦在我这样一个农村人身上，意义远不及腊八、小年、春节、十五、燎疳那么隆重。元旦过后腊八来，对了，是时候说说腊八啦。

腊八在我们周祖故里庆阳，是个隆重的节日，尤其对于孩子。陇东的冬天，冷，几场大雪后，气温降到零下二十几度。山舞银蛇，原驰蜡象，家乡人开始"办年"——杀年猪、做年糕年豆腐、蒸馍、炸油饼、炸果子。与此同时，第一个年节——腊八如期而至。

腊八腊八，在腊月初八。陇东民俗，腊八有俩讲究：冻腊八坨儿、吃腊八面。分别在腊八的头天晚和当天早。一入腊月，儿时的我们雀跃的心就抑制不住地要飞出胸膛。不用讲，心思不在腊八面上，而在那想了一年、越来越近、越近就越想的腊八坨儿上。小不点们缠着大人提早预备冻腊八的物料：从集上买回红糖（农村叫黑糖），在自家萝卜窖里挖出红白萝卜土豆和干葱来；这里，只有红萝卜是与腊八相干的，其他不重要。瞧，由于要冻腊八坨儿，我们比任何时候都乖顺、都勤快，蹦东跳西，唱南喝北，吹着口哨、打着响指，每一根汗毛都抖动着轻狂劲儿。

终于，挨到初七傍晚。胡乱地喝过汤，灶火里还没收拾毕，我们就追着大人，缠着"冻腊八"。十五岁以下的一人一碗，和好几碗黑糖水，糖水里放入红萝卜做的花瓣儿；再给碗里放进一头系着麻钱的细麻线，麻钱的重力使环状麻线的一端自然沉到碗底，而另一端仍搭在碗口，留作提腊八坨儿用。准备完成，我们喜滋滋抿一小口自己的腊八糖水儿，端着自个的腊八碗，一溜儿摆在窑洞的土窗台上。在兴致勃勃做这些的当儿，夜幕悄然降临，腊八碗活像调皮孩子伸出的头，朝外偷望着，迎接腊八到来。不知不觉，雾霭轻岚让村庄消失得无影无踪。孩子们兴奋不已，在被窝里想着明早的腊八坨儿，怀着甜蜜和期盼入睡。

没错儿，也有半夜惊醒，一骨碌爬起看自己腊八坨儿的。若没冻实，免不得贪婪地"咕咚"几口别人碗里的糖水；若已冻住，浑然变成了甜冰腊八坨儿，闻着那勾魂的黑糖、红萝卜和冰碴味儿，经受不住诱惑，馋嘴的孩子会把自己那碗腊八坨儿端回。这样的猴性，多半会招来大人打，挨打后才窃喜着将腊八坨儿放回原处，钻进被窝，重新跌入酣梦。

次日，我们破天荒起个早儿，火速出门，光明正大地将腊八碗端回。捣鼓一阵后开始心痒痒，先彼此端详碗里的腊八坨儿，评品鉴赏着，很快就把自己的腊八坨儿提到半空，左看右看一番，终于忍不住搭嘴浅浅吸溜起来。
这是我们最早尝到的冰棍，长大进城后明白了这点，知道
自己的欢乐比城市孩子多。享受腊八坨儿的过程，一般都
不尽兴，得耐着性子悠着吃——担心这一年一次的仪式和
美味儿，像化腊八坨儿似的瞬息不见了。当然，也有馋嘴
急性子为了痛快，不惜将腊八碗架在正做腊八面的热锅盖
上，化成糖水一喝而尽。那他们会后悔得叫苦连天的，待
别人享受时，只有抹泪了。也有邻居同学提着腊八坨儿，
互相炫耀的，也有宠孩子宠到破了祖宗规矩的——初八晚
上再冻一次腊八坨儿。

　　总之，由于对腊八坨儿的痴迷，我们不大关心腊八面
的滋味儿。那红白萝卜豆腐臊子汤的陇东臊子面，实乃人
间至味，比西安的腊八粥更能引起兴味和乡愁。过了腊八
就是年，小娃们野气地吆喝着"过一腊八，长一叉把，过
一年，长一橡，过一十五，长一犁沟"，苦盼年的到来。

　　本文2024年1月3日改定于西安兴庆轩，首发于2024年
1月15日《银川日报》，被2024年1月18日的《西安日报》
转发。

第二辑

望故乡

　　等待吆羊回家的少年心怀忧伤：日月悠
长，何时到家！断断想不到人生如白驹过隙，
很快就年近半百敲着键盘回忆过往。

　　看啊，外野一派明媚温润，柳条卵黄如
缕，挂出了一面面碧绿的嫩墙……

放羊琐忆

人不出门长不大，放羊娃最渴望走出大山。他们昔日放牧牛羊，今天放牧生活，放飞理想。

陇东话说，儿子娃不吃十年闲饭。不错的，我八九岁就随人放羊，十来岁独自放羊，十二岁初中前就是放羊好手了。说是放羊，其实牛羊骡马驴甚至猪，各种家畜混着放，就差放鸡放蜂了。

小时候我比较匪，五米以上距离，无论地势平险，我非得做一次冲刺、来一场比赛，多是自己跟自己比，但自洽的劲头儿很高；一丈高的高塄，人们都被考住绕着走，而我不眨眼地一跃而下，至今难忘凌空飞下时的眩晕、落地时的心颤以及人们替我担心的尖叫声；因此，我以勇敢而出名。这样的娃，不早点放羊实在浪费。可放羊并不是我足以称道的地方，当年我们陇东的孩子，十岁后不分男女都要放羊，还极可能因此辍学，尤其女孩子，家长们似乎很后悔让其进校门。陇东的山大沟深岭高河长、草木茂密而广阔，天大地大正张开怀抱，等着我们往进钻嘞。牧羊娃个个健康机灵、向往自由、热爱自然，无惧放羊。最重要的，20世纪80年代初包产到户，家里分了半座山几十棵树几硷畔林，还有几十亩地几十只羊以及牛驴等家畜，大人们忙山林地的大事儿，都还忙不过来；牧羊，于我们便责无旁贷，我们不以放羊为耻为累，相反的，我们以之为荣、以其为乐。

几十年匆匆而过，现在回想，那是生活赐予我们的贵重礼物。这礼物不是人人都可均沾的，大约六七年后，放羊就已不再是陇东孩子的"必修课"。瞧瞧，80后很少有机会享受放羊乐趣。

别说，放羊还真趣味多多。牲畜被赶出圈、吆到村头沟边后，就可以放心"打"下沟去啦，大山旮旯随便你吃哪根草去，反正我们放羊娃是大事如一，解放了。躺草地，钻树林，玩打仗，掏鸟窝，溜滑滑，打牌，搭火烤馍烤土豆，骑牛骑驴骑马骑羊骑猪，偷果子，摘野果；看驴生驴驹、母马临盆、羊下羊羔，提着羊羔回家，无一不惊喜……这些都是放羊娃干的事儿，四十年后想起，心仍飞起来。中秋灌木丛中的莫里红是山楂，盛夏捡畔上可口的闷瓜瓜，有个诗意的名字文冠果……野趣和知识、江湖和庙堂的联系，要到很多年后才知。一代人有一代人的生活，现在的孩子，或被课业挤压，或着迷网络，缺少接触大自然的机会，享受不到我们当年的田野生趣。

放羊不仅充满乐趣和惊喜，还时有收获。嬎牛下嬎牛，三年五条牛；我家的老黄牛，连年产下小母牛，解了家里的困。我们有山羊、绵羊，个顶个厉害，母羊丰产，羯羊壮实，包含着全家心血；进城十几年的母亲经常提起那只老绵羊，说它一下就是三只羔，养活我们长大。我还记得与父亲去卖牛娃、大绵羯羊时的揪心和留恋，它们实在太漂亮啦，街上人人夸赞，我和父亲只能与它们挥泪告别。为创收，放羊时我们还要拾羊粪豆儿、挖药材、背柴、割草，傍晚赶着牲畜负重而归，劳累伴随着丝丝喜悦。

诚然，放羊也无聊，充满无处不在的焦虑、艰辛甚至危险。冬日冻裂手脚，夏日晒伤皮囊，忍饥挨饿坐在山顶沟畔或从沟底望蓝天，等待吆羊回家的少年心怀忧伤：日月悠长，何时到家！断断想不到人生如白驹过隙，很快就年近半百敲着键盘回忆过往。偶尔一言不合打架，让你知道人生挑战无处不在。大自然会发怒，暴雨泥石流突然袭来，山塌河涨间，人畜的命就捏在老天的指尖上。即使平时，也要脚底点汽灯，堤防着陷阱、毒蛇。更多面对的，是放羊本身的挑战，往往刚端上碗，牛就跑到人家庄稼地去了，得百米冲刺抵达；经常寻到天黑，也找不见自家走散的牲畜，心中绝望无法描述。

放羊的危险莫过于拉荒，熊孩子点燃山火的瞬间，也将此生最大的恐惧永留心间。

当然啦，放羊也能放出感情，每到期末我就分外地想放羊。

放羊很锻炼人。吃苦中长才干，放羊娃成才者自古就有，如王冕、朱元璋。我们村有个孩子，十三了还不上学，一直放牛，目光呆滞怕见人，但读书后异常用功，现已是中学英语教师。前年，我见到一位后来斩获茅盾文学奖的作家，一聊，不由感慨：同为天涯牧羊人。

人不出门长不大，放羊娃最渴望走出大山。他们昔日放牧牛羊，今天放牧生活，放飞理想。

本文写于2021年3月21日，发表于2021年3月23日《春城晚报》副刊，后被众多媒体转发、传播。

清明见闻

关中万花齐放、春意盎然、意象繁复之时，陇东的苹果花、油菜花却还正加紧酝酿呢，这里也没有西安缤纷芬芳的樱花，那些颇擅胜场的无名山花要待气温继续上升时，才肯登场。

微雨中，我冒了寂冷清明，回老家上坟。

一连几天阴雨低温，教人展脱不得，但挡不住春天登胳膊展腿儿：看啊，外野一派明媚温润，柳条卵黄如缕，挂出了一面面碧绿的嫩墙，白里泛粉的山桃、杏花们争奇斗妍。仅此而已。关中万花齐放，春意盎然、意象繁复之时，陇东的苹果花、油菜花却还正加紧酝酿呢，这里也没有西安缤纷芬芳的樱花，那些颇擅胜场的无名山花要待气温继续上升时，才肯登场。当然，空气无比清爽，兰州老乡的城里女眷反复赞叹，说退休后要去弟弟的果园打工，呼吸新鲜空气。果园广漠森然，我攥着草墩儿，穿梭在太阳圣火千亩苹果树的间隙，吮吸果木气息，四周湿漉漉的，枝上正冒芽儿，我宁愿它慢点滋长——去年4月苹果开花，宁县气温骤降，听农艺师说，树下实时温度到零下7度，借着灯光可以看到凝霜的徐徐降落，最终果园产量锐减——保证进入盛果期的果园，能第一次正常产果，完成深圳公司的收购任务。

清明当天，再从果园出发，一路仍是小雨相伴，新辟的果园四处可见。国家要鼓励夯实"粮袋子工程"，听说去年县上就已不再流转土地，而是鼓励种小麦；我细细看，绿色麦田却很少，问侄子，他和我意见一致，麦田不及耕地的一成。十几年前离老家时，我家有四掌囤二三十石麦子，够全家人吃好几年，各村各家情况大致相同；我现在问哥哥，家里有多少麦，他说剩两石。书生方寸小，我就有些暗自着急。

不觉行至本村地界，忽然，熟悉的田地里撑起庞然大物的"机械怪兽"来。是油井井架，隆隆的机械声宣告着偏僻山村与工业社会、文明世界的对接。小时候就梦想的事情悄然降临，我的忧思被冲淡，心里说不出的畅快。是呀，左右两面各有一架油井在作业，前几年只是勘测，现在确确实实在开采了。我说肯定是长庆油田，弟弟不以为然，返程中一看，竟是华北油田在长庆油田的腹地作业，弟弟说这是竞标开采，打破区块限制。

我熟悉的光秃山沟现在葱郁一片，让我怎么都看不够。我一直在反思20世纪末分林到户后家乡毁林的事情，最近的一篇散文《毁林琐记》已被杂志录用；但今日所见，21世纪的退耕还林已又造出漫山遍野幼林来，虽赶不上原先的子午岭原始森林，但足以慰藉我心。父亲坟头的柏树也渐成气象，我心里亮堂起来。

使我心境豁亮的事情还有几宗。每日经过村子的班车已增至四五辆，而且有两辆省际大客车。记得原先只有一辆，后来增加到两辆，公路就像县域的毛细血管，现在才真正成了陕甘两省的省道。这让我莫名欣喜，虽然我近十几年都没有坐过班车。另外，碰见教书的叔父，我以前的同事，他大儿子北航研究生毕业后，已到中国商飞上海的研究所上班；小儿子也在西安东郊离我不远的地方安家落户，并且和我的一个表妹住一个小区。后浪威猛，让我感到生活前进的步伐。

离村前，得到一个不好的消息，我们村的学校停学。学校起初是二年制窑洞村学，在我上学前变为砖房小学，前几年又萎缩回三年制村学，且每况愈下，终至今天，村里的孩子不愿就近学习，全跑了。虽然我们家小孩包括我侄子的儿子都在西安、兰州就读，但对巴原学校的事情，我还是半天回缓不过来。

车子已返程，恰逢全县最大的两个镇的集日，春风里，街上人稀稀拉拉，我们轻松缓行穿过两个大镇，奔向关中平原。但我的心还飘在陇东高原上空。

本文写于2021年4月6日，首发于2021年4月9日《文化艺术报》龙首文苑副刊。

回乡偶书

昔日偏远的古宁州，现已是两条高速一条高铁贯通的福地。

去年清明，我照例回老家，给六年前辞我们而去、安葬在巴家塬的父亲扫墓。

提前一天早饭后，驾车出城。天气晴朗，行人稀少，我们如脱笼之鹄一路畅行，青苗、嫩枝、花草、果花油菜花等不住从窗外掠过，让久在樊笼里的我们倍感爽快。侄子司驾，不徐不疾，且聊且走，很放松。车子向北，沿西安到旬邑县往甘肃正宁宁县的高速进发，这是春节前新通的一条路，也是第二条途经宁县的高速。它的开通，使我的兴庆轩距离巴家塬节省了百里，两地车程被压缩在500里内。当然，乘高铁则不足一小时。这让人对社会的发展感到愉悦。

行不百里，我们有了中途目标——马栏。马栏是革命圣地，正好在公路沿线不远处，标识了老家陕甘宁边区的红色基因。一直想去，可十几年里几十次经过，都没拜谒，委实过意不去。为啥，不外乎两点：一是行程紧张，来去匆匆，二是人多，意见难统一。今天，一切好说，车子拐下高速，沿大沟长坡川道慢行。春天的色彩渐次淡去，远离关中盆地，进入黄土高原，这里春天的脚步至少晚西安半月。

我在寻找石门，寻找三十里梁等地名，寻看稍林遍地、猛兽出没、道阻且长的原始森林……那是我长篇《奔向延安》里的场景。这也正是我急切地要寻访此地的原因。令我吃惊的是，马栏竟在一个小川道的低山下。这和我想象的以偏险而著称的场景，又大不同。然而，这并不影响我对陕甘宁边区南大门的膜拜，也不影响我小说叙事。纪念馆宏大、肃穆、向上，女工作人员军姿飒爽，平添了我的崇敬。仔细参观每一展区、瞻仰文字图片和实物，我找到了书里的原型。拍照后，我们走出阳光斑斓的纪念馆院子。

车爬上阳坡北去，我心里的迷思加重。当年的前辈们竟靠着这么艰苦的条件创造了那么伟大的功勋，多么值得大书特书！山不高，到顶后车沿蜿蜒的脊岭西行，进入旬邑县塬面。一行行柳树露出鹅蛋黄颜色，像一面面悬在半空的暖墙，让人再次意识到这里远比关中寒冷。可令我吃惊的是，北面老家的旱柳早披挂上了绿丝绦，随风舒展着，似在撩拨我的疑惑。——这的确是一个需要物候学解读的有趣现象。

新路就是短，不觉到县城。昔日偏远的古宁州，现已是两条高速一条高铁贯通的福地。下高速是县医院门口，回望彩虹般横跨的大桥，让人有些恍惚：这就是熟悉的县城？眼前的改变，具有"历史性"，很提气！

老家已经门锁人去，就连今天临时回家，也因停留时间短而不划算收拾屋子过夜，便先去弟弟的苹果基地见哥哥。30多年前，我们为"跳农门"而殚精竭虑，为离开村子而日夜努力，今天我们终于离开了农村、脱离了农事，年年泡在长安城，楼房似家家似寄。这样巨大的生活变迁，多么令人感慨呀！

停车，去苍茫的千亩果园徜徉，不由感慨系之。我们家也曾建过小果园，但没吃上利——果子少，卖不了几个钱。想不到当年那个见到父兄卖苹果而恨不得钻老鼠洞的弟弟，现在成了大果园的法人。果树含苞待放，毛茸茸的绿色花骨朵儿看着喜兴，唯愿它慢点发，以免受冻减产。

远离闹市，守着仲春的果园和董志塬入眠，那叫一个香。第二天，仨人驱车60公里看父亲。路不好，深腰岘公路塌陷，只留车身宽摇摇欲坠的"路面"，让人心惊胆寒。较之当年，更破败了。好在看到沿途正在扩路面，新修这条宁五路，我也稍稍放下心来。

父亲坟前的两棵柏树，可用"亭亭如盖"来描述，坟头砖堆的祭祀炉膛已歪斜，坟堆低了，坟院东南有坑大一片轻微塌陷——秋雨多，有点渗水。可见，我们来得迟了。就赶紧铲土垫土，堆了几锹，感觉工程量有点大，哥便打电话给堂弟。一会儿，他开着推土车领着儿子前来；一刻钟，坑垫起来、坟堆也掩高了。五人叩拜、焚香点纸祭祀，我内心沉沉地告别父亲。虽然只有他一人在老家，但熟悉的村庄和村人，父亲定然不寂寞；相反，我们在古城，喧闹中倍感寂寥，时常想起父亲和老家。

回到老屋，从囤里装麦子，准备去镇上换面，带回西安。正装时，门外传来吆喝，我们便在家门口换了面。瞧，偏僻农村也这么方便。呀，这面粉竟来自西安边上的三原县，多奇妙！

回基地稍作停留，我感慨掩坟竟用推土机，一个员工说：喳，你在城里不知道，老家前几年埋人打墓抬棺材，全用机器了。我又吃一惊，看来，我这半土不洋的城里人真的孤陋寡闻了。

本文2023年3月27日改定于西安兴庆轩，首发于2023年4月27日《西安日报》西岳副刊。

重修巴氏家谱序

时序代换，忽掩而逝，四十年转眼便过，人事变化不知几何矣。

开宗明义，家是小小国，国是众人家。国有史，地有志，则家有谱也。夫谱者，知姓氏之来源，明宗族之所出，记世代之续接，聚长辈兄弟齐点名者也。上可昭祖宗功德，下可勉子孙奋进，世泽流传，发扬光大。此亦吾巴氏家谱所由修也。

谚云：江之长必接其源，树之大必连其根，宗族之旺不可不深追其祖也。

巴塬其所以为巴塬者，盖因普遍接受的"此地是我开，此树是我栽"的缘故；可正本清源细究，巴姓乃黄帝支脉。作为黄帝25子之一的我的祖先，周代以前居甘肃南部，公元前11世纪与武王伐纣，因致敌倒戈而被西周封为巴国，以白虎为图腾，时为中等国。后在汉水与重庆间活动，曾建都重庆数百年，与楚国长期争斗并败落，公元前316年于阆中为秦所灭。今所谓巴渝、巴蜀、镇巴、康巴乃至秦巴山、大巴山、阆中古城、重庆等，都是巴人文明的见证。灭国后，巴人散落九州大地的各个角落，全国各个省区都有巴姓人，土家族为其后裔。明代，有巴姓从山西大槐树下来陕，相中巴家塬这块枫叶状的巴掌大地盘，遂定居。

自先祖定居巴家塬迄今，勤俭持家，人丁兴旺，据老谱载者，吾族业已传十一代二百余载矣。或曰有老影图为华池县元城同族者侍奉，显见族人并非固穷一地，亦有外出拓荒者矣。现存之谱，乃公元一九八一年正月六世孙富荣、富兴倡导，七世孙彦芳、彦清、银学操办、修撰。该谱存留珍贵，使吾辈膜拜两百年来巴姓人之大名，实大功一件。

岁月不居，祖训难忘。勤劳勇敢、憨厚质朴、耕读传家、自强上进，乃我巴塬巴氏之一十六字家风族训。适逢盛世，华夏复兴，我族后辈亦不甘落后，而以工农商学兵之身份，踏遍神州人未老。更有多数亲人犹自坚守耕耘于巴塬老家，此乃游子回望家园之岸，离家巴姓之至亲也。然在外在家，皆本于一根，根深则叶茂华灿树高。

时序代换，忽掩而逝，四十年转眼便过，人事变化不知几何矣。概昔日娃娃不识今之孩童，今之孩童未认前之少年也，长此以往，族人相隔万里、视为陌路，不惟不明祖属何支，亦难辨自家亲人，实一大憾也。为使我族后裔常念寻根问祖之懿德，正其伦而序其辈次，知其祖而怀其宗亲，以爱家恋土、秉德循礼为怀，无论贵贱远近、不分男女老幼和死生，爱我巴塬巴氏老户，达不忘我巴家根，穷难离我巴塬人，叶落归根，今特复修巴氏族谱，圆族人夙愿。

盛世治史，家旺修谱。时值辛丑岁末，观吾巴氏老户已达两百余丁，不独成县域之大户，亦且美名扬四海矣。今全族长幼咸集，齐心协力，续吾四十年未修之家谱，和其体例，共商善事，实祖之慰而族之幸也。

为推行美差，兹成立七世孙书劝、发勤、喜存，八世孙永华、永宁、永义、宽孝、永乾、宁孝、占宁，九世孙明房、宏宁为编撰委，延续老谱，重修影图。历数月，吾人克勤克俭，建言献策，联络调查，悉心备至，遂成善本。

家谱既成，我族子孙亦获木本水源之荣、归祖认宗之幸。若祖先英灵有知，当含笑九泉也。斯诚列祖列宗、后辈子孙之大事！望族人念先辈开创之艰辛，深追遗风，勤恳敬业，和亲睦邻，继往开来。

水平所限，遗漏实属难免，期来者补修。惟盼家人拜为至宝，善用妥存，珍而勿失，传之久远。

是为序。

本文撰于2021年10月，被自媒体多次传播、转发。

背馍上学那四年

父母是我的军粮官，我的专心笃定、向善向
上、永不服输，是我一往无前的铁骑。

　　与所有偏远农村的学子"待遇"一样，我也曾背馍上
学过。那是20世纪80年代我的初中时光，从12岁到16岁的
整整4年。而与绝大多数农家子弟所不同的是，我家住在深
山更深处，条件更差，经受磨难更大。

　　我的家乡在陇东高原靠近乔山山脉（俗称子午岭）的
小山村，处于贯通陕甘的宁黄公路宁五段的小土塬上。现在
导航上可搜到的村名叫巴家塬，但人们都叫它巴原。仿佛上
天故意考验巴原人的意志，村子前不着村后不着店，不偏不
倚东距九岘乡政府32里、西距石鼓乡政府所在地铁王23里、
西北距湘乐乡政府33里、南距米桥乡政府37里、北距金村乡
政府34里。其中，前两个乡在一条塬上，公路可达；而要去
后三个乡，则分别有北川和南川（九龙川）下山、过河、上
塬之阻隔，须得步行，其间口干舌燥、极限劳顿、小腿疼痛
之状，没齿难忘。一句话，巴原人赶集、购物、开会、交公
粮、上学入伍、盖公章转关系等，都得走长路，毫无区位优

势可言，是名副其实的"山里人"。

本来，巴原其所以为巴原者，盖因普遍接受的"此地是我开，此树是我栽"的缘故；可正本清源细究，巴姓乃黄帝支脉。作为黄帝25子之一的我的祖先，周代以前居甘肃南部，公元前11世纪与武王伐纣，因致敌倒戈而被西周封为巴国，以白虎为图腾，时为中等国。后在汉水与重庆间活动，曾建都重庆数百年，与楚国长期争斗并败落，公元前316年于阆中为秦所灭。今所谓巴渝、巴蜀、镇巴、康巴乃至秦巴山、大巴山、阆中古城、重庆等，都是巴人文明的见证。灭国后，巴人散落九州大地的各个角落，全国各个省区都有巴姓人，武陵的土家族为其后裔。明代，有巴姓从山西大槐树下来陕，相中巴家塬这块枫叶状的巴掌大地盘，定居至今。这块宝地上起初别无他姓，直至"三年困难"时期山里多余的沃土成为饥馑人群的保命资本，外地人才收敛了对于巴家塬的讥笑，纷至沓来谋食。

也本来，祖辈英勇勤劳而纯良，每个新生的巴原人的苦命几乎天注定，也是被自然接受的；可只有亲身经历，这种辛苦恣睢才是实实在在、不折不扣的。在经历无数次翻山越岭到米桥堡子舅家的梦幻般劳顿与欢愉，经历过三五回，去当时公社所在地湘乐赶集——腊月二十七集、正月十五前十四集——的人山人海、摩肩接踵、塘土漫道等几乎是"壮岁锦旗拥万夫"般战斗的洗礼；经见过三两趟翻雪山走草地般，去金村探望姑妈姑奶的难忘旅程，还经历了一桩被爸爸用自行车捎着去九岘乡办事，并看望九岘小学教书的表姐的往事……之后，我无可避免地迎来自己的宿命——那一直在那里等我的本该属于我的"荣光"：我的背馍上学时光。

孩童时，我是巴原出了名的"怪货"，异常胆大、利索，曾被人教唆，做下惹人见笑的事。当时老人们常说：这怪怂①，以后不是坐牢，就是做官。如今我既没坐牢也没当官，辜负老人言至此，又一汗颜事也！

读书识字后，当民办教师的父亲断定我是念书的料，下功夫培养我——从"红幼班"一直把我带到小学毕业，五年级更是带着语数思品，不用讲还兼着班主任。在辍学成风的年头，我虽玩性难改，但从无厌学念头，终于在公社改为乡的那年，毫无悬念地考入初中。此前，我最远到达的繁华之所，莫过于一扇红字白底、腐朽斑驳的公社大门，莫过于公社所在地的那条一望而尽、飘着煤烟香味儿的街道，还有那高门大院、有着白粉墙和黑板报的全公社最高学府——中学。现在，我来到本乡的街道——铁王，要安稳住下来念书！这最近的铁王初中，被告知离家30里（父亲去世几年来我四轮驱动反复测量，实为23里）。而我，一个12岁的少年，须在每周日午饭后背着锅盔步行到校，再于周六中午一点放学后，饥肠辘辘地走回家。

不消说，背馍上学很苦。

秋季开学伊始，作为中学生的欣喜新鲜尚未过去，难

---

① 西北地区方言，指孩子调皮，爱出洋相。

以忍受的离家思乡之苦便骤然而来。在同村大大、哥哥们的催促下，背着妈烙的锅盔，尚未走出家门，我已泪水涟涟。依依告别门口的偏脖子槭树、穿过树木碾盘遍布的村南头、交到大崾岘宁五公路后，我便顾不得刚才的"女儿态"了；因为曾匪气如我者，此时无论怎么拼命走，都赶不上"大部队"，而不得不一路小跑。就这，还要新宁哥、会良哥和天良大大帮我背东背西。说是公路，其实全程是曲里拐弯、坑坑洼洼的土路，平时塘土漫道足有半尺，下雨后则成为泥塘；并且随时可能断路——大崾岘和深崾岘坡陡路弯，底部的两面深沟极其险要，经常塌陷。我们曾亲见汪峰的爸爸开着村里新买的手扶拖拉机翻在大崾岘，血流如注，差点出人命。过了大崾岘，就与上齐来的学生会合，队伍逐渐壮大。秋风不断袭来，黄土遮天，激得人口眼鼻不敢张开，不得不背转身顶风逆行。即便没风，偶尔过来的汽车扬起的几里长尘土阵，也"够人吃一锅子的"。

记得队伍很少歇息，因为还要赶下午六点的晚自习。迎着酷日或雨雪，自东而西沿巴原—黑池—万塬—洼子—石鼓—佛堂一路走来，队伍更其浩大威武，而且纪律严明——一律不语，一律脚步坚定，一律越走越快，仿佛要赴一场殊死战斗。经历六场连续"作战"后，终于到达铁王街道，可惜学校尚在街西头。望校兴叹中，我难以消弭灌了铅的双腿的疲劳。远离了村子、父母和玩伴，如同街角飘零的干树叶、碎纸片或大如席的雪花，我茫然若失地来到高大巍峨、俨然如铁的校门前，开始了一周吃干馍、睡冷床、学英语、思家念乡抹眼泪的初中生活。

当时，带的馍不够吃。或者说，个别穷困如我者，馍永远只吃个半饱。农村联产承包责任制初期，一部分人家初步解决了吃饭问题，他们背的是黄褐色外皮包裹着白瓤的锅盔。仅那悠长的香味儿，就足以让我屈辱得掉眼泪，恨不能钻老鼠洞。我家因为分了薄地，加之父亲绝大部分精力在学校，即便哥哥四年级就辍学务农，家里劳力还显单薄，粮食就不够吃。我的锅盔里是要掺玉米面的，也带过"玉米面铜锤"，如此还得挨饿。我记得很深的一次，初一第二学期青黄不接的春天，爸爸带我到佛堂粮库去领回销粮。找的是一位远亲，爸爸极力讨好，奈何那男子一副不屑神情。那一刻，我的自尊受到极大伤害，忍着泪下决心，一定好好学习、考上学吃国库粮。想吃热菜，用现在的流行语说，那真是想多了。即使罐头瓶带的凉菜，也吃不了几顿，绝大多数人只能用蘸了盐的青葱、青椒就馍吃。起初，学校灶上只给提供每天两次的一缸子混沌沌的开水。烧水的是位五十多岁的老师傅，赤红面皮，鹰鼻高耸入云，鼻翼右侧洼地上堆着个大艳痣，艳痣上还骄傲地戳着一撮毛。据说是个老革命，却似美国大兵般凶狠、傲慢，令人望而生畏；我们都叫他"瓜雷师"。冬季锅盔冻得如钢板时，"瓜雷师"才在擎天般的蒸笼里给我们脱馍。热天的后半周，锅盔生出翡翠般灿烂的霉点，馍便难以下咽，得抠掉霉斑方能勉强充饥。渐渐地班里桌凳宽裕起来，因为有人打退堂鼓辍了学。

　　住宿更是紧张到令人咋舌。我初一的宿舍是学校教室下方的破旧窑洞，每一孔不大的危窑里，都安插着同级两个班的四十几个男生或女生——我们被毫无征兆、毫不客气地当沙丁鱼"装"了进去。每到晚上，侧身而卧的我们个个气喘如牛，每一次转身都大费周章，那需要整个宿舍人人参与、"集体配合"方可完成。深夜，口臭、臭（脚）汗、放屁、磨牙、梦话，窑洞里活色生香。现在很难想全整个细节，只觉得我们创造了人类睡觉的奇迹，足可申请吉尼斯世界纪录。十月刚过，拥挤的状况就有所改观，因为开小差的越来越多，更因为陇东高原零下十几度的冬天来临；我们不得不自找下家，搬到热炕去住。但这得有亲戚或熟人，而且得给住户拉来远远超出所需的柴火。窑洞宿舍，我只住过不到一年；冬天就搬到学校西沟畔新宁哥的姥爷家，那熏烟搭火烧土炕的情形，至今犹记。上初三的堂哥新宁，就是在那个冬天被大伯叫回家，强迫着结了婚。翻过年八月我初二时，学校挪到街东头变电所斜对的新校区。我工作后曾回这里教语文近十年，从这里考上兰大研究生。新校区条件有所改善，但新宿舍的冬天却更冷。那个冬天，我住在同班同学苏叔平家。晚自习后我们去看露天电影《画皮》，回来时那绰绰人影、凛凛寒风，让我脑际不住回放着电影里"画皮"的画面，惊骇到发指、魂出窍。

　　孤身求学、食宿艰苦，都让想家想得那么有滋有味儿。不由自主地想念父母，无时无刻地想起家人，牵连不断地挂念着家里的热饭热炕头，连同我们家牛驴羊鸡和兔子，以及院门口的椿树、芍药花、土蜂窝，还有那萦绕院落、不断如线般翻飞的我的蜜蜂……在拥挤的窑洞里偷着流泪，在别人吃白面馍的时候禁不住流泪，在同学的淫威面前流泪。想家中还夹杂着"气短"，别人走读生我羡慕，别人干部子弟我自卑；父亲的护佑不再，更是令我短了精神……冬天手冻得如同红萝卜，耳朵早冻烂，冻伤的脚起了疙瘩让我变成拐子。金窝银窝不如家里的土窝，想到农闲冬日家里是最好的去处，就又有学生当了逃兵。懵懂中，我反而渐渐适应了艰苦的求学生活。

　　无疑，初中的学习也使我眼界大开。

　　教师多了，男女老少都有，其中有许多掌故，也不乏绯闻。学生更多，各村都有，外乡也有，大多不认识，但说上几句话，发现都是不远不近的亲戚。我后排的高永宁，是我同桌我表叔高鹏宁的堂兄。他是走读生，骑自行车回家，经常给我带苹果吃，礼拜六还捎我一程。初二的某个雪天，他骑车摔了腿，幸无大碍，否则十年之后就可能成不了我姑夫啦。上课也几多生趣。语文出现了一种叫文言文的课文，艰涩难懂；语速极快、矮个儿的张向荣老师（工作后他成了我同事，都在语文教研组）一上来就没按顺序教，第一堂好像教的是董必武的"革命声传画舫中"，接着学的是陆定一的《老山界》。数学则直接就不叫数学，而叫代数，由我们的班主任、即将退休的高个子老师姚宏瑞（我大姑爷的亲弟弟）教；首先学的似乎是"用字母代替数"，这字母可不是小学的"a、o、e"，一变而

为 "A、B、C"。英语一开始就在学这些A、B、C，读音大不类前，"q"要念为 "克油"，"w"读作 "达不溜"；练拳的卷发青年教师郭振亚也在教 "yes" "no" "pen" "bee" 这些我们怎么记都记不住的单词。英语其所以难，一小半因为我们顽虐、心不在焉，大半则因为，那些英语教师竟也不咋会读这劳什子，又怎能 "以其昏昏，使人昭昭" 呢！地理是教导主任杨波在教，他非常严格，讲得条理清晰。植物老师是副校长，讲课声音低而严肃，让人出不得大气；据说他篮球打得出色，但比赛时伤了肋骨，故不敢大声讲话。历史老师是我同桌的爸爸——我四姑爷高维英，同学们公认，口吃的他课讲得很棒，只是昂首房梁发出的 "啊" 远远多于必须；他初二又带我们几何，很受欢迎。教初三物理的赵旭强老师带音乐出了彩，我至今犹能唱他教的《月之故乡》《我做了一个梦》。他的风度 "也很翩翩"，肤白发黑身材颀长，冬天围着围巾，像极了徐志摩。呀，乡村里竟也能出这样的人物，令我们赞叹至今！还有门课叫《社会发展简史》，是班主任兼着；我们从中知道人是从猴子变来的、自己所属的劳动人民是历史的创造者……可惜，早上和中午最后一节课，我们的心早飞到那蒸笼里用网兜罩起来正在脱的锅盔上了。等钟声一响，同学们便手握碗筷以百米冲刺速度冲到坡口、冲下院子，到灶房门口排队，领受自己的馍和开水。这情形，成为日后同学聚首时每每感慨、恒久提及的话题。

如上，背馍上学那些年，也有着令人异常怀恋的往事。

正是当时读初二的天良叔父，骑着他的那辆"黑火棍"，往返学校时经常带我，或者带上我的行李。奈何他的车子质量实在差，捎着气管子打气，还走不利索；加之他车子也没闸，下嵝岘放跑车，非常危险，所以我也不敢多坐。但他的好处，我时常记得。

还有一件事情我时常记起。初一那年冬天一个周六的中午，我们照例饥寒交迫地从学校往家里赶，走到离家一里多的宋家峁子时，突然大家都往道边躲。我知道又有小车经过，忙朝路边让，心想：该不会是二伯回家了吧。这时，绿色吉普警车越过我们，突然就急刹车停住。神奇般的，二伯从车里走出，他似乎不记得我名字，招手喊道："那个新陇，来，我捎你回！"我一时激动，已不知自己是怎么上的车，却清楚记得，到家后我已晕晕乎乎，躺在自家场畔的糜子摞下不省人事……二伯叫巴永宽，是我们父辈里唯一在外边干公事的人。我工作后，他也给我很多帮助，可惜他享年不长，退休不久就脑出血去世了。

当年我们大部队鱼贯而出村庄时，老人们就会悠然念叨：念书的千家万家，成才的一家半家。是呀，农村娃读书，就如同身边广种薄收的庄稼，指望不了什么的；但父辈们的心思我们都懂，都觉得责任重大。

背馍上学委实艰苦，但唯其艰苦才磨炼了我们的意志，使我们在逆境中得到锤炼、得以成长成才。在铁王两年，我名次很少跌出前十。我之前，村上背馍考学跳出农门的有恩锋哥、永宁叔父，都是父亲的学生，也是我榜样。我上师范去县城，已在县政府工作的永宁叔父竟在车站等我，亲自送我到师范，并叮嘱几位老师关照我。其爱护晚辈的心意，令我感怀至今。生于忧患死于安乐，背馍上学是跳农门的基本关口。有意思的是，个别条件优裕者成绩竟不怎样。须由奢入俭地经历背馍这一关，方可修成正果。堂弟汪峰，起初在县城舅舅处读初中，眼看的希望不大，就赶紧转回本乡复读，才在我之后考上了师范。也有中道参军跳出农门的，如天良叔父、会良哥。会良哥当过导弹兵，他也是改变了我人生道路的人。我初二结束要上初三时，他投亲去米桥复读初三，我也突然萌生了去那里重读初二的想法。于是，我在米桥初中的两年读书生活开始了。

在米桥，我变成了走读生。吃住在姥姥家，两个冬天则住二姨家，她家场畔到中学的直线距离不过百米。二姨今年七十四，在兰州大表哥处托老，去年四月我去广电小区看望她，她激动得说不出话来，硬要留我吃饭；回头还打电话给母亲念叨我"有良心"……这使我心怀愧疚，我想说，二姨，与您当年的照顾相比，我做得太"没良心"啦！

当时，我也不是纯粹意义的走读生，因为每年要转一两次粮到姥姥、二姨家。而每次转粮，要翻川过河、长途跋涉，须倾全家之力，不啻精心组织的大出征。转粮食一般选在冬日农闲时，得提前几天勘察好线路，特别注意背阴坡里冰溜子消得怎样，尤其要选好过九龙河的渡口。得提前两天听陕北天气预报，观察天气变化。得提前一天喂好牲口。并且，当天要摸黑早起，给确定要出征的牲口——毛驴倒好料。母亲做饭，父亲和我给架子车装满几蛇皮袋小麦、部分杂粮蔬菜和几壶荏油，顺带捎上几页木板或几根镬把锨把或一捆笼条，再用长绳绑好这些物什。早早请来提前约好的叔父，好饭好菜好烟招待好。饭罢，饮好毛驴。仔细套上毛驴，给驴脖子上绑好拥脖子，拥脖子上套好夹板子，夹板子两面用绳索固定、绕毛驴一周呈闭合状，后面拴上铁钩，铁钩勾着架子车车辕上的绳索……驴走起来一吃力，就带着大车呼呼前行。"得球"一声，我牵着毛驴缰绳，父亲或叔父驾辕，另一个人在后面照应着或拉或推，一行人在母亲忐忑的目光中上路，沿着去米桥的官道小心翼翼而去。下坡。到川道。寻找渡口过河。汗流浃背、艰难危险地爬坡。上塬，继续行走十几里路。约五个小时之后，到达姥姥家或二姨家。进二姨家要穿过一个陡峭细长的筒子。到姥姥家则要再走两里路，须过个大沟圈先到达场面，卸下毛驴，在姥爷和舅舅帮助下，下陡坡行至门前；最后穿过一个短而平的筒子，便到了宽敞的院子。细脚伶仃的姥姥早做好午饭在等我们，热情地拿出笤帚让我们扫土，将茶水端上炕，一番唏嘘，可口的饭菜就跟着上来了。大家边吃边互致问候，谈论路途情况，免不了又感慨一番，最后必定会说："陇锋，看你爸你妈恓惶①的，为你费的这心，你要是考不上学……"

　　我羞愧紧张得饭都吃不了，尽管大家都知道，我是学

_____

　　①甘肃、山西、陕西一带的方言，形容穷苦。

校的希望。

米桥初中以来，我只有第一次考试是全级第二，此后一直把着第一，而且遥遥领先。数学、作文竞赛，也都夺魁。初三第一学期，数学老师兼班主任刘忠学带我们仨去县城参加数学竞赛。刘老师人很活道，现在退休在西安生活。他会拉二胡，初二时教我们音乐，《走在乡间的小路上》《敖包相会》都是他教的；后者的歌词"我等待着心爱的姑娘"一句，"姑娘"被他改成"伙伴"，我们几年后才发现这个秘密。那也是我第一次到县城，分不清东南西北，却清楚地记得宁县转角楼下一碗炒面九毛钱。最终三个人名次都在十名内，教育局专门为学校颁了奖。那时候回家的次数很少，非常专注，每次回家的路上都在盘算前途出路或者某个难题。初三寒假的夜晚，我坐在巴原东畔我们家新修的地坑院的热炕上复习，屁股烫身上冷，父母催促几遍才睡觉。临毕业，中专预选在早胜一中，英语非常难。适逢《红高粱》国际获奖并上映，政治试卷里就有这道送分题；电影我却看得似懂不懂。成绩出来，我考了504分，全县第四。

中专考试在县城城关小学进行。提前一大早，爸爸骑着自行车捎我从米桥到平子再到良平，在妗子所工作的良平卫生所停留后，经早胜最后下坡到达县城。天气晴朗，他一路走一路给我讲答题技巧，要仔细要检查，要把握好时间，要注意卷面；作文要谋好篇布好局出新意又不敢冒险……现在想来，爸爸当时满怀收获喜悦，因为他这个能念书的二儿子从未晚于九点休息，因此不但没有神经衰弱，而且愈战愈勇状态良好。考完回家，我就拿起镰刀加入了收麦的队伍，连畔割麦的邻居问我考得如何，我直接说考上了。最终491.5分，我被宁县师范提前录取，成为全村第一个师范生。此生背馍上学的日子也宣告结束。

啊，背馍上学那些年，是我马上打天下的岁月。父母是我的军粮官，我的专心笃定、向善向上、永不服输，是我一往无前的铁骑。师范毕业我当过十多年小学中学教师，并完成第一部长篇小说，而后公费考入兰大攻读文学硕士；硕士毕业我来到西安打拼，成为一名作家。父母与我一同来古城，生活很辛苦，也还充实；儿子就读的重点中学、"西北第一楼"的大学、西安市内最大的公园兴庆宫，均与我家阳台"相看两不厌"。——这，就是对我背馍上学辛苦的回报吧！

哦，我那渐行渐远的背馍上学时光！我那永远怀恋并将越来越怀恋的青春！

本文2020年1月27日星期一写于西安常春藤花园，2020年4月16日星期四修改于西安曲江，2020年5月19日星期二再改于西安曲江，发表于《飞天》2020年第7期，被知网收录，多家媒体转发、传播。

扫码获取
● 作者访谈实录
● 散文鉴赏点津
● 考场真题链接
● 创意写作启迪

第三辑

忆亲人

　　姥爷从不苛求于人，也不说东道西，他硬自己吃亏自己为难也不难为别人。

　　坟头的柏树已亭亭如盖，阴阳两隔，我突然觉得，父亲这样其实挺好……

贤明的姥爷

当芦苇长到两三丈高、芦花变成白毛絮、芦苇秆也变白变轻变干时，我们就去深沟里斫芋子、捆芋子、背芋子……

　　如同大舅是我见过的个子最高的成年人，姥爷是我见过的个头最高的老人。只可惜，因为他的背因常年圪蹴着打席而过早地变成了"7"字。当然了，姥爷最令人称道的还不是篮球运动员的身材，而是他贤良无私的美德，就连每隔两三天就吵架、觉得姥爷一无是处的姥姥也有句口头禅：你瓜外爷是八贤王，吃了一辈子亏。

　　姥爷个如铁塔，姥姥却也就一米五左右。他们都是1924年生人，虽是旧社会的包办婚姻，但在我读初中吃住在他们家的两年里，并没发现姥爷给姥姥找过什么茬儿，他也没有大男子主义。相反，姥姥总是嫌弃姥爷，嫌他傻，嫌他出瓜力气，嫌他把吃亏当饭吃，嫌他这没弄好那没弄好，嫌他对孙子太好，嫌他是和事佬。在俩人争吵最激烈的时候，姥姥指着姥爷鼻子骂出了最粗野的话，姥爷气得脸发黄，边走边道：真真的是，把人呀活成啥啦！

　　在三天两头争吵的日子里，姥姥吵的最多的是当时的大姣子。两家已分，但同住一院共用一个大门，姥姥嫌人家从对面走过瞥了她一眼，嫌人家经过时给她甩了脸子，嫌人家穿戴时髦啦是脚客，直吵得人家跟着街上卖辣面子的生意人跑去了陕西兴平。其实，姥姥对那女人的观察也准确，事实证明了她的判断。但即便如此，我也记不起姥爷曾与大姣子吵过什么、说过人家不是。此后，姥爷更疼爱孙子孙女了，姥姥虽也可怜儿孙，但由此而引起的吵闹更多。姥姥就又和大舅吵，和姥爷一样，大舅实在不行就躲了。同样，我没见过姥爷骂过大舅，也许说过，但语气绝不激烈。姥爷从不苛求于人，也不说东道西，他硬自己吃亏自己为难也不难为别人。

姥爷是老大，出生在人口众多的农民家庭，五岁死了娘，母亲和继母给他带来五个弟弟、六个妹妹。在我读书那会儿，姥爷已过六十，光弟弟妹妹、侄子侄媳外甥、孙子孙女外孙就有百十口，家门父子和亲戚间的纠纷、官司不断。作为同辈老大的姥爷是最高说和人，常常饭刚端炕上，就来了一位舅舅，进到门角不说话，姥爷就知道又有家庭不和了。不用讲，他还三六九①，被邀请到家族所住的洼里去断官司。常言说，清官难断家务事，但姥爷总能一碗水端平，让各方满意。大家也清楚，姥爷没有任何偏向，在他意识里媳妇和娃是一样的，没有自己人和旁人之分，如果他们对姥爷的意见都不满意，那估计

---

①方言，指常常、经常。

再也找不到更满意的处理办法了，于是个个收拾心情，回家和和气气地过日子。

姥爷的贤明、仁义，得到族人尊重，让我懂得了德高望重的涵义。他的三弟和五弟分别在兰州市和平凉市工作，他们回家后都会来看大哥。有一次两位外祖父相约回老家，他们在姥爷家窑洞里吃饭的情景，至今历历在目，那是我第一次给人敬酒，颤抖的手让酒洒到炕沿上；也是那次，我平生第一次见到和吃到在英语书上见过的香蕉。姥爷患白内障时，也是他的弟弟把他接去医治，并让他在城里逛了几月。

重男轻女，是那代人不可避免的贵恙。姥爷姥姥育有五个女儿两个儿子，多子造成极度贫困，以至于我的母亲和两个后面出生的姨都是文盲，小姨还被抱养到子午岭的深山里。早时，家里也曾将我母亲过继给了舅奶家，如今母亲不得不两头都认。姥姥的重男轻女观念表现突出，儿女们时有怨气，二姨总嫌姥姥把她嫁得太近，母亲觉得自己嫁到了山里，而姥姥溺爱的岁舅①却常年在外、难得回家。尽管如此，我没看出姥爷有重男轻女的观念，也许他没表现出来吧。他每隔一段时间，就会去女儿家住一阵子，给她们帮忙干活儿。

姥爷早年非常贫困。据母亲说，当年搬过六七次家，在当时街道的许多地方都勉强住过。全家六口住一个窑

---

① 指小舅舅。

洞，里面盘两面炕，家里光景一个公鸡驮不完、两个公鸡不够驮。当人家骑着高头大马威风凛凛地来给儿子来相亲时，我妈妈只能去洼里我二姥爷家去过夜。姥爷没有因为穷困而自弃，母亲说，姥爷和他队长没高说过一句，的确，我没有发现他和谁红过脸。

作为标本式的农民，姥爷务农很在行，但他主要的生活来源是打席。他是远近闻名的席匠，打的席子非常向卖，常常是刚蹲到集市上，席子就被买走。无疑，所有亲戚家的席子，都是姥爷蹲着苦出来的。为此，姥爷包了西面沟里的芋子地，深秋霜降后，当芦苇长到两三丈高、芦花变成白毛絮、芦苇秆也变白变轻变干时，我们就去深沟里斫芋子、捆芋子、背芋子，这是大兵团作战。可这半沟的芋子被拿回家后，所有碾芋子、盘席打席、卖席的活儿，就主要留给姥爷一人了。我晚上九点睡觉时，他就在窑洞里蹲着打席，嚓嚓的声音很悦耳，但我此刻回想起来却很心痛。几十年下来，姥爷严重背锅子，常喊腰疼。

姥姥的饭做得非常好，子女的厨艺都赶不上她，但姥爷做的面辣子堪称一绝。进城后，西安有家同名餐馆，我吃过几次，但他们与姥爷的手艺，还是有不小差距。我吃到姥爷面辣子时，已非饥荒时代，所以我的判断应无偏差。面粉、鸡蛋、辣面子、清油和水，是姥爷做面辣子的食材；简单的食材却做出了人间至味，那是手艺的魅力，是姥爷的魅力。可惜，他晚景凄凉，在姥姥去世后的十年里，一人枯住在远离人家的立方体地坑大院里，形同草木，常吃降雨的积水。

2014年元旦，听说姥爷病重，我急急坐车回老家，刚走到正宁县城、姥爷曾经无数次卖席的地方，就收到他停止呼吸的噩耗。耄耋之年的姥爷凋谢了，我一下子泪流满面。当我赶回大舅家，小舅正抱着姥爷脱衣服，从他腰间取出一千多元钞票，钞票被汗渍浸湿、干盉到身上……

都说好人有好报，姥爷叫马德玉，悲夫，贤德如玉的姥爷就是这么走完他90年春秋的。

本文2022年12月20日改定于西安兴庆轩，首发于2023年5月5日《西安晚报》终南副刊。

我的河南奶奶

千里姻缘一线牵，奶奶带着凄风苦雨和辘
辘饥肠出场了。

　　我儿时奶奶就没了，几十年过去，关于她老人家的记
忆越来越稀薄，须使劲儿打捞、加以想象，方可寻得些蛛
丝马迹。

　　奶奶是河南人，个头不低，瘦，小脚，走路晃晃悠
悠，出远门时骑一头黑毛驴，像一面墙从村头消失，走进
无边的传说中去；她常年一身老黑布衣服，头戴网兜样的
黑落落，衬得瓜子脸很白；三寸金莲的黑包口布鞋内外，
缠打着污白的裹脚裹腿，冬日里，常挪着矮马扎儿在窑
院里找太阳晒暖暖，一边捉着虱子，或盘整她那又长又臭
的裹脚布。写下这话时，我似乎又浑身扒痒，并闻到她那
"穿越时空"的裹脚味儿。母亲说，小姑像我奶。记忆深
处，年青的小姑个高肤白面容姣好，不笑不说话，妥妥一
乡间美人，想必奶奶当年也是个出众的豫美人儿。

　　外省人奶奶，带来了不同于我们本地风味儿的吃喝。
她做的豆食很好吃，窗台、餐桌上不分四季摆着黑褐色的

豆食，浓烈臭香的豆食味道此刻还泛起在鼻喉舌间，让我唾津填溢，又回到了有奶奶的童年岁月。认识石榴，也是从她那儿。那年奶奶省亲数月，自洛阳娘家回来带了一种拳头般大、圆溜溜长嘴儿的奇特果子，说是叫石榴。我们就掰着那明目皓齿的软籽石榴吃，那说不出的酸甜味道，让我们觉得河南远归远，必定是宝地。

可奇怪，除了儿辈，村里人不分男女老少，都喊奶奶侉子，爷爷也常恶狠狠地这样骂她。我懵懂中辨出，侉子不是啥好话，觉得奶奶无论在家里还是外面，都没地位。奶奶似乎也自觉不顺意，加之后来生了老鼠疮，她就经常骂骂咧咧，脏话不离口。我那时很纳闷，河南肯定比我们偏僻闭塞的穷山沟巴原村好吧，奶奶为啥来这受气，又为啥不回河南去……

这样，奶奶给我们带来河南血统的同时，也带给了我迷思。她几乎是周围十里八乡唯一的外地人，我曾听到过她的许多故事，让我心情复杂的是，奶奶是爷爷的第三任婆娘。

她背井离乡辗转千里到陇东前，我的祖辈已在这偏僻小村庄里活了好几代人。这里聚村而居着清一色的巴姓，世代务农。到爷爷时，家中颇有了些气象，主要是他本人能行、服众，终身任大队干部，是乡村社会的风云人物。我至今眼前闪现着退而不休的"三队长"晚年老神在在地提着刚出世的、湿漉漉的羊羔，迎着晚霞晚归的画面，夕阳将他身影打得长长的，整个画面动起来，恍如童话。可就是这样一个人人求嫁的能行人，却引不住婆娘：发妻是姚家川的姑娘，娶回三天，熬头回时从驴背上坠亡；继室是湘乐镇附近的，生我大姑后第二胎难产，母子双亡。连续丧妻，打击自不待言。甘省的婆娘守不住，大伙儿便张罗着给爷爷找外省女人。千里姻缘一线牵，奶奶带着凄风苦雨和辘辘饥肠出场了。

奶奶是民国时逃荒来到陕甘的河南人。关于她的逃荒故事，版本纷纭，基本的说法是：

她十几岁结发嫁到本地，育有一孩（是男是女已不详），小孩儿不幸夭折，婆家便怪罪奶奶，不待见她、欺负她，她遂成弃妇。长发披遍她两眼之前，靠吃熟麦穗，她小脚伶仃地挪回娘家。可饥荒年，父母家似乎更穷，以至于她哥哥终身未娶；弃妇之隐忧堆积在动作上，年轻的奶奶挨了好久，没等到丈夫来接。心焦更兼饥饿，娘家发急，就打发她逃了活口。各路人贩子带着不计其数的河南饥民，一路沿陇海线而西，出三门峡入潼关，到达关中平原和陪都西京谋食。奶奶离开当时的行都洛阳地面，虽心有忧戚，但年轻的她对富庶的关中素有耳闻，满怀着憧憬，却不承想，曾经的"天府之国"早已灾民遍地，人人自危。精明的人贩子无利可图，不得不辗转到陕甘交界的陕西长武县。在这里，人贩子遇到了买主——我爷爷的姥爷。于是，奶奶被选中了。

离家已千里，为让我奶奶放心，两下讲定活话，若她走到陇东地界觉得不好，可反悔。时值小麦拔节，黄土高原山野里葱郁连绵，不时有兽群和兵匪出没，村庄被隐藏在千沟万壑的褶皱里……奶奶看着荒远而丰饶的陇原大地，不觉心潮起伏，可吃到多年以来的第一顿饱饭后，不觉发出"八百里秦川，比不上一个董志塬边"的感叹，便跟着来到当时的红区——甘肃省新宁县第三区的巴原村。

巴原虽有饭，不如老娘家。甘豫两地习俗的差别可谓巨大，奶奶很不习惯。最主要的是，她千里寻嫁的男人——我爷爷，并不稀罕、怜惜这个小他八九岁的三老婆。不如意，奶奶就借回娘家之机，又想找原配，却被婆家拦挡。婆家以为，甘肃虽偏远生疏，但有吃有喝、丈夫又体面，而洛阳，饿着肚子熬日月，还敢希图啥？于是，他们安抚奶奶，陪她送她回到我们巴原村。这才安定下来，有了大伯、父亲和小姑，儿长女大。伯父是赤脚医生，继承了殷实家当，爷爷奶奶跟着他——这是我对奶奶记忆模糊的一大原因，她的河南口音我竟无丁点印象。小姑嫁到本乡的老革命家，也承袭了不菲的家业。唯有父亲，退伍后当小学民办教师，被分家另出去，住在老屋上面的破院里。爷爷73岁去世，两年后奶奶驾鹤西去，享年67岁，结束了远嫁他乡的悲苦一生。

成年后，我突然会强迫自己思考奶奶的事，搜肠刮肚找寻关于她的信息：苦命人、弃妇、饥民、远嫁他乡、怨妇……我甚至不理智地想起黑人被贩卖、遭歧视的悲惨历史。

　　奶奶是河南洛阳市偃师人，洛阳乃古都，偃师则是古都中的古都，夏、商、东周、东汉、曹魏、西晋、北魏等七个王朝曾都于此。读典念祖，古书里记载偃师的很多。二十世纪初陇东山里的爷爷出生前后，偃师就开风气之先地通了铁路，而在七八十年后奶奶去世时，我们村才通每日一趟的班车；两地差距判若云泥！"曾为洛阳花下主"的奶奶嫁我们村，内心的撕裂定然非同寻常，她心中的幽怨比之弃妇，定有过之而无不及。

　　兰大读研时，我同宿舍先后住过两个河南小哥，其中洛阳的陈同学与奶奶同姓，再次勾起我对奶奶的回忆。我常想，偃师的玄奘也姓陈。毕业后我定居西安，离洛阳更近，几次途经河南洛阳。每到三月洛阳牡丹盛开时，就寻思着去洛阳转转，却到底俗事缠身，没能如愿。说来惭愧，我虽有河南血统，年近半百却从未拜谒过祖地，甚至未游历过中原，尽管郑州、洛阳的同学经常邀约，但终难成行。近日读鲁迅，看到他对中州很有好感，在《北京通信》里赞道："昨天收到两份《豫报》，使我非常快活，尤其是见了那《副刊》。因为它那蓬勃的朝气，实在是在我先前的'豫想'以上。你想：从有着很古的历史的中州，传来了青年的声音，仿佛在'豫告'这古国将要复活……"

　　鲁迅先生这"豫想"，也使我对祖地——豫，不禁神往起来，同时分外汗颜。我对奶奶，我们对奶奶都是有亏欠的！对，我不应该写，而应该做——用双脚接近祖地、丈量祖地，用心灵触摸偃师、感受偃师，走进奶奶出生的地方，找寻祖脉、体认祖脉，以告慰奶奶的在天之灵，接续"中州"气象，复活造化的生机。

　　本文于2021年8月20日改定，刊发于《视野》杂志2022年第2期，被多家媒体广泛传播。

父爱如山

父亲每次外出回家，兜里都揣着水果糖，现在我周身泛起的，仍是那蜡纸包着的果糖的香甜味儿。

敲下这四个字时，我泪水奔涌，虽然父亲离我已五年。

2016年7月2日傍晚，西安市罕见的一声雷鸣后，父亲的花儿凋谢。

那早，父亲胃疼，找药吃不管用，我和母亲就带他下楼看门诊，开药吃也无效，已十一点多，我送他到九院急诊。大夫说这病人咋脸色这么难看，就查心脏，入住院部，做各种检查并输液。哥弟侄子侄女都来看他。下午五点多短时雷雨后，我去换哥哥陪父亲，他好多了，说马上做胃镜，突然他喊："心疼，快……陇锋，叫大夫！快，压床铃！"大夫护士全力抢救，几十分钟后父亲生命体征消失。

父亲遽然仙逝，我们无比悲痛，我瞬间明白父爱的珍贵。父亲是我兄妹四人的天，他虽贫困潦倒半生，但仍以贫弱之躯挡住了所有打向我们的风雨侵害。

父亲不仅给了我们生命，而且在他充满磨难和屈辱的壮年时期，悉心呵护我们长大，含辛茹苦教导我们成人。哥哥七八岁时病了，父亲骑自行车带他去庆城县看病，当天返回。来回420多里路，其中有100多里山路，还要翻两架大川，即便中间坐车，也难以置信。是父爱让他变超人了吗？弟弟高考、读建筑专业到工作、创业，步步艰难，家里很穷，但父亲每次都咬紧牙关，支持他。妹妹是超生的"黑孩儿"，父亲因此背处分，她职中肄业去深圳打工，父亲伤感，一夜老了许多。父亲每次外出回家，兜里都揣着水果糖。现在忆起，我周身泛起的，仍是那蜡纸包着的果糖的香甜味儿。正是父亲至暗时刻爱的浇灌，我们才迎来光明，相继走出小山村。

父亲早年参军，因家庭成分复员后被安排到兰州市阿干镇煤矿工作。井下凶险，他就回村当了民办教师，27年后才转正。包产到户后，大批民办教师辞职，父亲却苦苦坚守，家里光景烂杆，全村垫了底。他肩负两份"责任田"，教学之余学习耕地收割打碾，不得不去卖猪牛羊牲畜、卖蜂蜜、卖苹果、铡草掏圈，不得不种烟、烤烟、卖烟，做力所不逮的农活，甚至低三下四求人。不称意的日子让他十分痛苦，身体垮了，三十四五岁时，他胃出血，差点性命不保。还有一次，去舅舅家途中，河边休息小便时，他突然晕倒。

我能走到今天，全靠父亲启蒙。他从幼儿园一直把我带到五年级毕业。从二三年级起，我的作文下面就吃满了"麦兜子"，父亲用激励式教学；考前，他还向我透题，让我记住重点，小学毕业会考我的数学成绩是全乡四个满分之一。初中后，父亲已不能辅导我，他带我去考中专，考完我便说考上了，以此宣告父亲教育的成功，为他暗淡的人生添点亮色。我的《永失我爱》写老家生活，成为无阅读习惯的父亲临终前没读完的枕边书。

父亲2007年7月随我进城，在西安兴庆宫附近生活十载至殁。刚到西安，我给了他莫大压力，当时八岁儿子读书，我丢了工作准备考博，母亲为此差点疯掉，是父亲支撑着一家三代四口在互助路租房过活。每晚九点，他就打手机催我回家。父亲去世前一天，我忙白鹿原影视城开业，晚十一点才回家，没想到皇甫路暗影里，他竟在等我。天，要知道那是我们父子在一起的最后时光，我会千方百计挽回！是我，没有照顾好您哪爸爸！

父爱无私，父亲虽在我跟前托老，但他一碗水端平，他的爱如阳光般公平地洒向每一位儿孙。对孙辈他严慈相济，我儿子高中时让他伤透脑筋，但他还是"等"到高考出成绩。他的美德传了下来，我们都勤于祭奠，按时人马齐整地回六百里外的庆阳老家去看他。坟头的柏树已亭亭如盖，阴阳两隔，我突然觉得，父亲这样其实挺好。愿父亲在地下安息！

父亲永远活在我心里，他此刻就在电脑旁看着我。他离世前那几个月，我每次到家坐下，面前都放着他剥好的果仁和零食。我还记得小时候他给我买的连环画，记得他的水果糖、他的"麦兜子"……但，父亲终归故去。我才看清，父亲也曾为我们阻挡着死亡之门。现在，死亡之门訇然中开，死亡怪兽正踽踽逼近，焦虑中我有时想，能早点见父亲，也挺好。

　　本文写于2021年3月23日，首发于2021年7月8日《春城晚报》副刊。

回扫码获取
● 作者访谈实录
● 散文鉴赏点津
● 考场真题链接
● 创意写作启迪

我的兰大时光

兰大朴素、优良、正大，有许多人事、风物可追忆。

我的大学时光只有两年，在兰大。时间虽短，但唯其短暂，更印象深刻，岁月如梭，十几年过去，那人、那事、那学校的角角落落，仍在眼前。

说起来，我与兰大缘分甚深。1990年我中师毕业，边教书边自考提高文凭，主考院校即兰大。本科论文抽题，终获机会参观学校、拜见老师。当时邂逅定西考生李建宗，几年后我俩都成了赵门嫡系。但好事多磨，中间费了周折。2003年11月，同事告诉我"今年考研没有单位限制"，拉我报名。喜则喜矣，但复习俩月能有啥结果，终以差7分而败北。次年再战，复试被刷。犹豫再三，第三次报兰大，请假仨月住在兰大一分部秦利军宿舍，在而不属于地坐在衡山堂①，与文学历史新闻专业的本硕博学生一起用功。结果初试383分第三名、复试第二名，录为公费生。几

---

① 兰州大学一分部的教学楼。

位先生齐说：我们就需要这样对兰大不离不弃的考生。

我的导师、授业恩师赵学勇，是现当代文学研究的著名教授。先生温文尔雅、治学严谨，是风范，可惜他那时已调入陕师大。每每风尘仆仆赶回途中，他就短信我让大家来上课，课上氛围肃穆，俨然把他当客人。惋惜之余，大家异常珍惜求学时光，周末皋兰山下春光浩荡时，心不由飞向城市，但我们强按住身子，继续潜心学问。先生收徒无身份之见，本级同门11人，既有高婷、欧阳琴娜、韦世栋这样的兰大高足，又有董成才、谷荣、田丽媛外校的应届才俊，更有大学教师西北民大李冬梅、兰州城市学院米文佐，还有我们这些年龄大的中学教师张效礼、付奎和我。赵老师对我们很关心，研一暑假，联系《甘肃日报》让我实习，研二国庆前推荐张效礼、谷荣和我去甘肃美术出版社实习。感谢母校和老师，我们毕业都有不错的去向。2019年7月某天下班途中，效礼联系我，他正在西安公干，想应酬完去见导师。我从止园接他到老师家时，已十一点，仨人促膝忆及兰大时光，感慨系之，赵老师开心地称效礼"处座"。

兰州大学朴素、优良、正大，有许多人事、风物可追忆。读研前的那个暑假，我在京编书，从接触的北师大、人大研究生的神情口吻中，我感受到了兰大的分量。兰大的一砖一瓦都底气满满、很有质感。学校实力雄厚，名师辈出，政治老师王维平雄辩滔滔，授课用心用情，以他父母的爱情阐述辩证法和时代变迁，让我们看《天云山传奇》电影；张进老师人如其名，精进谦逊，教专业外语，因我外语好而让我当课代表；常文昌老师研究诗歌和东干文学，他平易近人，把橘子剥好塞我手里，三年前他携师母出席我作品研讨会，我当时腹泻，师母掏出一板诺氟沙星给我；武文老师在小花园截住我，对我硕士论文《银幕上的长征》大加赞赏；古世仓老师幽默，自言"才不及中人"，称呼弟子武抒祖为武老师……兰大学子诚朴热情、自强不息，社会美誉度较高，大三本科生有发六篇科学引文索引期刊的天才，学生毕业可直博世界顶级名校，也能去北大或国家部委上班。张效礼以笔试、面试第一的成绩被司法部录取，他还有电脑特长，读研两年跑遍每个宿舍，义务装电脑；司法部外调，我把他这个优长讲出时，外调人员眼前一亮。周绪红校长为我们拨流苏那天，有个体户泼冷水，说研究生遍地都是，被付奎批了个三比零：你是研究生吗？是吗？嗯？

　　与所有名校一样，兰大也家大业大。盘旋路本部，电脑城，一分部，二分部，医学院，草科院，榆中校区我都去过；几个家属区，兰大一、二院，我也找机会去转，这都是母校真实的身体呀！离校那天，妹妹和我提着行李走出一分部校门时，一股从未有过的留恋涌上心头，必须承认我是个多愁善感、感情丰富的人。

　　哦，永别了我那回不去的兰大时光！

　　再会吧，我的兰大！

　　本文写于2021年3月26日，发表于2021年8月19日《民声报》第四版。

有师如玉

先生的花儿虽已凋谢，但君子之风长存，像
温暖的河、养人的玉，无声沐浴滋润着我。

一

常文昌先生是我兰大读研时的老师，也是我所有老师
当中，对我影响最深、最使我感激、给我鼓励的一个，至
今令我挂怀。

说来也巧，五年前的今天，家乡宁县有史以来第一次
为一个写作者召开全国性的作品研讨会，我和我的作品有
幸成为研讨对象。应邀专家最低为博士学历的副教授，包
括《小说评论》主编和两个省级协会主席；可遗憾，没请
到省会兰州的人，我只得求助母校文学院。请了两位均无
果，带着一丝希望，我联系常老师。同年4月，他为我新书
发过书评，但他年迈体弱，一直在上海养老，而活动在甘
肃小城。我多希望他能回兰避暑哇。电话里是"咯咯、呱
呱"的叫声，他发来照片，涝池边几只鹅在嬉闹，是老家
镇原。我喜出望外，镇原和宁县同属一市，不远。他答应

邀请，师母同去。主办方欣然接受，建群让他当了群主。

这是毕业十年，阔别后的欢聚。专家中有两位兰大校友，其中黑龙江来的那位是常老师的硕士；老家几位兰大毕业生，也来看望老师、师母和我。师母高大结实，老师则略显羸弱。师母对老师总是关怀备至，体贴入微，他们的相处让我明白，这才是琴瑟和谐、白头偕老该有的样子。大家感慨万分，欢喜地相瞅着拉话。我此前曾去过老师家，是研一的冬天，常老师将剥好的橘瓣递我手里，还送我他签名的《中国现代诗歌理论批评史》，令我感动。年代既远，学生又多，我不敢奢望他还记得我，只为意外的相逢窃喜。其间，我闹肚子，师母将一板诺氟沙星塞给我，令我又忆前事。常老师还是陇东学院徐克瑜教授的姑父，更是陇东诗群众多诗人的私淑，人气很高。大伙儿一起吃住玩、谈天、开会、拍照，感谢着造化。

会前，主办方想限制负面评论，我不同意。我想让大家放开讲，说真话。会后，还要进行所谓的全国诗文大奖赛的颁奖，而现场140多位与会者就包括这些全国的获奖者。常老师坐在主席台，头发花白，浅蓝衬衫暗红领带，更加清矍、儒雅。他第一个发言，将《丝路情缘》放在中亚文学的大背景下阐述，肯定优点，又指出改进方向，开了个好头。但接下来，大多数专家没说缺点，以至于有人当场吐槽。会后，师母嫌他讲了我坏话，反复说他，弄得他也似有悔意。我赶紧说，咱就为听缺点而来。

草木亦知离别苦，辑宁楼前带晨露。大家天各一方，此一别难再相见，壮年的我们都怅惘，更何况老师师母。我们都旋在他周围，又怕他累，心情复杂地围着老师。第三日早饭后分别的时刻到了，目送老师坐小车回镇原，我们也被大车送往西安。

一月后，兰大文学院官网发布了老师参会消息，特意将我三本书封面拼一起，很吸睛。不久，我发现我成了群主，而老师已退群。啊，这多像一则功成身退的寓言！老师的严谨负责，老师的护犊情深，老师的淡泊名利，于此可见。

我想着，以后再开会时还请老师，可万万没料到，这成为我们的永诀！

二

2021年10月22日20时40许，我正在西交大主楼前逶弯，一位同学发短信说常老师走了。我泪水刷一下涌出，急问真的吗，他说是冯欣的消息。难以置信——我们不想相信这残酷信息，决定再探再报。第二天9时3分，河南的焦艳娜副教授联系我，发来一段话：

晚上得知恩师常文昌先生在上海离世的消息，实在觉得太突然。记忆里常老师永远轻言细语地对学生说话，永远鼓励，从不责备。在学习上，学生只要去做了，他从来都只说好。而我对新诗的兴趣，就是在他一笔一画把戴望舒、卞之琳、冯至的诗写在黑板上时被点燃的。还有那个时候并不怎么被提及的"中国新诗派"九叶诗人穆旦、唐湜、唐祈、陈敬容、辛笛等以及台湾诗人余光中、洛夫……是恩师开启了我与新诗为伴的岁月。而他却因为随和、清淡的性情，从不主动"打扰"毕业的弟子。所以您在的时候，我们聚的太少！懊悔，遗憾！您的微笑与宽容，永远温暖在心。老师安息！

我问消息来源，她说是在校生的消息。我即联系大二的师妹王晓埒，她说是从冯欣老师朋友圈看到的。上网搜，不见讣告，我就又问第一个同学。11时2分，他发来确信：我沉痛地向各位学友通报，常文昌博导于2021年10月22日18时30分因病医治无效，在上海病逝。圈内对老师走，反应很淡。这应该正是老师所希望的。我忍着悲恸，组织对老师的追思。

常老师的硕博弟子建了个吊唁群，我犹豫再三，入了群。呀，犹如重回兰大：熟人很多，名家不少，田广等好几位是我们老师；几人居京津，其中就有"诗坛隐秘大师"唐欣；常门弟子有博导、院长、作家、出版人等。老师为人低调，弟子却都高风标举，活跃在各行各业。疫情不稳，但小虫能奈真情何，同学们纷纷撰文，追思老师恩情懿德学识。

三

再次打开同常老师的聊天界面时，他已离开快一年，而我也庸碌经年。时间停在2021年教师节上午，我问候他节日，他也祝我教师节快乐！我羞赧中心头泛起一丝不安的甜蜜，又问："老师在哪呢，身体怎样？"他没回。我忐忑起来。以往交流，我都这么问，而他也常嘱我多休息。

前不久，他微信头像换成大特写，丹桂为底，领间蓝色中山装包着青白衬衣，黑发白齿，面色玉润，白镜片亦洁净如玉，唯微红的眼睑透出一丝疲倦。莫非贤德如先生者，彼时已领受到神的邀请！

早在考研时就知导师里有位老乡叫常文昌，觉得名字美读来也舒畅。及见人，衣整人清秀，是仙风道骨的君子，说话细气、轻飘。待听课，又如自语，给我们讲胡经之、"二川"，向上捏着粉笔绵软地将行书草在黑板上。他走路如干扫帚漂浮在风中，似乎随时离地而去。而今，先生真得道仙去，免了全球高温、全城封城的枯焦，幸也！

除了赐我书评、助阵我研讨会，先生还帮我办自媒体平台。无偿当我的顾问，从高平、李老乡等名家那里要来诗，助我一臂之力。如此奖引后进，令我汗颜自己的无能。

钱是人品的试金石。先生对银子的态度、见解振聋发聩。当初，《丝路情缘》因与先生有关，我才斗胆请他置喙，预备着要给他润笔费，但他不许。评论写好后，他发给我，让我投稿，我投了三家大报，第四日就刊出在《中国民族报》。老师知道后，嘱我赶紧给别家回邮件、致歉。让我吃惊的是，收到稿费后他给我发红包，说是我投的稿，我自然不受。那次研讨会，专家费押后支付，我很着急，给他道歉、解释，他不要钱，还对其他人在意钱发出微词。我当然要斡旋专家的辛苦费，同时致敬他的高风亮节，先生的深透与我的浅钝，判若云泥。

有第一等襟抱，才做第一等研究、养第一等才具。丝路探宝人，华语文学新大陆发现者，是对先生的确评。讣告里说："常文昌先生一生潜心治学，是中亚东干文学研究的重要奠基者。"后面没有惯常的"之一"，足见先生独步天下的造诣。1994年到2007年里，他在中亚三国先后累计工作四年多。我读研时，先生就是在中断给我们讲文艺美学后，带着郭茂全师兄出国了。为培养学术梯队，他优先招回族和俄语学生。其团队的研究成果，提升了兰大品次，令同侪钦羡。事实上，他的研究影响远达中亚、俄、日、挪威等。退休后，常有他与顶级专家主持会议的消息，他是分论坛主席。我想，先生既精通诗歌、诗学，又锚定和深耕于中亚文学和文化，两者产生耦合共振、结出硕果，就不是偶然的了。

在兰大所有老师里，对我塑造最深的是先生。是他，启迪我创作《丝路情缘》，女主角雅诗儿是中亚后裔，哥哥叫什娃子。俩人的名字，是对中亚书面文学奠基人亚斯尔·十娃子名字的拆分。

有朋如玉，人生大幸，有师如玉，三生有幸。先生的花儿虽已凋谢，但君子之风长存，像温暖的河、养人的玉，无声沐浴滋润着我。

本文2022年10月20日改定于西安兴庆轩，获《视野》杂志全国主题征文大赛优秀奖。

第四辑

游远方

其貌不扬、黄如金米的桂花，实在是花香最清冽、最醇厚、最高贵、最迷人的花儿了，确确乎要算花国里的"香王"……

面丹江而枕凤山，丹凤城美如其名。

昔日的"沙漠之都"变成"塞上绿洲"，两个北京城大小的我国第四大沙漠彻底从地球上蒸发。

一路桂花香

这光景，让人觉得古琴弦上也流着月桂清香，
月华和日光里也泻出桂香来……

不要人夸颜色好，只留清气满乾坤。

王冕写梅花的这句诗，用在桂花身上，很恰贴。其貌
不扬、黄如金米的桂花，实在是花香最清冽、最醇厚、最
高贵、最迷人的花儿了，确确乎要算花国里的"香王"，
单从五花八门、舍我其谁的桂花酒、桂花糕、桂花糖、桂
花汤（茶）等，便可判断。每年不到八月，我就想桂花，
八月花开，我被这迷人的花香陶醉，而待其凋零，我会怜
惜好一阵子，悲叹"好花不常开"、韶华不再。有一年，
很福气，我们全家国庆旅行，被可爱的桂花一路追逐、不
断熏浸——赏了三座城市桂花。看着它凋零成泥、含苞待
放、吐香怒开，领悟不同地区的时令、风物、美景，太欣
兴啦。

2017年国庆更兼中秋，国旗鲜艳，岩桂献香，天高云
淡，硕果盈枝，古城迎来一年里最好的时节。每每这时，
我心里就响起《八月桂花遍地开》，是首红歌，歌颂新生的

苏维埃政权。它伴随人民军队唱遍大江南北，唱红全国：真的红了全国——人民得解放，有了今天自由奔放的日子。快看吧，西安的大街小巷人如挽麻花，有买有卖，即便卖凉白开，也不会饿着；商场馆子，影院音乐厅，充满世界各地观光客。人们载歌载舞，边说边笑边吃喝。数以千万计的游客涌入西安时，小区和楼下的停车位就空了，二环内车辆稀少；假日难得，西安土著也逆着人流，云游去了。

不消说，桂花的残香，是离开前古城给我的最后一丝气味。我带着妻儿朝华东行进，想回来就见不到"香王"了。

"江南忆，最忆是杭州……"如白诗所言，第一站杭州，但没想"山寺月中寻桂子"。高铁穿越南京长江大桥，金亮的江面被现代交通工具切割，恍如明镜闪耀良久，小儿惊叫多次而大桥尚未过完，让我也称奇。小时候看到岁舅在这座桥上的英武照片，知道了这中国最长的桥；一年前我送大儿到南京读书，特意徒步丈量过它，又专门去浦口老火车站寻访民国的影子：粼粼的江水、隆隆的巨轮、泛着斑驳铁锈的老站，将时光拉回很远很远；但我觉得长江大桥远没那么长，不至于让高铁花这么久，可事在眼前，容不得辩解。既到了儿子地界，我就打电话，说定他也去杭州，我们集合。

第二日，看钱塘潮而没见到，只识得杭州大郊区。

隔天去西湖。先到浙大玉泉校区，游名校是我的传统项目。坐车前，忽觉清香逼人，没反应过来，待上车，窗外大片绿植，桂树不少，针尖小花欲开未开；始知钱塘不仅比西安早黑近一个钟头，而且，桂花也晚开。到校园，丹桂分外艳，花盘比见过的都大；感慨之余，才知它是杭州市花。

步行去西湖，路上与大儿喜相逢，一起游西湖。游西湖是我老早就知的秦腔保留剧目，到四十才实地来看，免不得感慨。对于北方人而言，当湖水拍打苏堤时，也有了海浪拍击礁石的错觉，六岁的小儿随口说：一堤砍两湖。秋日垂柳多少有些萧瑟，西湖泛舟也不似戏曲中的舟船，是电动游艇。游艇破水疾驰时，广阔的湖面、远处的丘陵、天际的云岚连同艇上的游人，一起在笑，极度欢娱伴着幽幽暗香。我知所从来，必是西湖桂子致殷勤。

四日正中秋，走到附近的西溪湿地玩。市花全部开放，我们被水边的丹桂倾倒，为灌木丛里的金桂沉醉，被独具江南水韵的园林里的银桂吸引；这光景，让人觉得古琴弦上也流着月桂清香，月华和日光里也泻出桂香来……啊，我们没能见十里荷花，却邂逅了三秋桂子！遗憾中，不得不离开清气满满的杭城。

当晚，十里洋场的上海外滩人如潮水般翻卷。看着璀璨的大都会夜色，伴着黄浦江的涛声聆听轮船上的笛鸣，悉心感受东方明珠风致和心跳……入睡前，我还想着临安之桂。

第二天逛迪士尼乐园，没嗅到桂香，细看桂树，叶间夹着鸟舌头般小的花苞，没丁点热烈。——沪上虽与杭州时令大差不差，但风物还是差得不小。意外的是，隔日去上海市书店和图书馆，不仅发现我三本小说在上海市各书店、分馆售卖、收藏的情况，还了解到其并不寂寞的借阅信息。在馆外照相时，我闻到桂花香味！下午游动物园，不单看到熊猫、老虎、天鹅、蝴蝶、羌族舞，还领略了喷香怒放的申城之桂。隔日去复旦、上交，也一样，桂子如影随形。——上海桂花全幅加入了欢迎我们的行列。难怪拉着行李离开南京路时，小儿流下了留恋的泪。

哦，感谢一路桂花相伴。

本文2022年9月5日改定于西安兴庆轩，首发于2022年9月15日《春城晚报》开屏副刊，曾进入云南、浙江、江西、安徽、甘肃、陕西、山西等多省中考模拟试卷，且多为压轴阅读题。

扫码获取
● 作者访谈实录
● 散文鉴赏点津
● 考场真题链接
● 创意写作启迪

丹凤之美

> 这里的山不高，一座座蘑菇般错落簇拥，不断冒着团团白雾，似绿茶壶煮开了水，让人放松放空、打开自我……

面丹江而枕凤山，丹凤城美如其名。

县域河谷遍布，绿山往复环绕，初夏走来满眼皆碧，花红欲燃，鸟鸣唧啾，令人恍然绿野仙踪，幸福感飙升。此为商鞅封地，历史悠久，商於古道绵延，高士名人辈出，确确乎具内外兼修气，仿若上帝遗落人间的仙丹彩凤，卧秦岭东段南麓，教你美不胜收而又莫可名状。

此地秦头楚尾，奇山佳水一路叫绝，更有武关锁钥、船帮码头、千亩茶山荷田令人流连忘返；由传教士传入的葡萄酒有百年酿造史，爽口醉人，让你顿悟什么是口腹之欲，酒庄欧巴罗风格的锗红玉白塔尖戳天而去，鲜亮、静穆、执着，调和着画风；苞谷酒的暴烈，显示着秦人金刚怒目的一面，让人想起商君和秦人的雄才伟略；生态牛肉，使舌尖上的美味拓展着游人味蕾的极限体验；棣花古镇，贾平凹的生地，是秦楚宋金文化的见证，白居易曾来过，古今文学家危乎高哉，让人从内心深处发问、思考、找寻和发现谜一样的丹凤。

仔细感受，我以为，丹凤之美，在普通人的坚韧守候、生存意志和生命智慧。

这里的山不高，一座座蘑菇般错落簇拥，不断冒着团团白雾，似绿茶壶煮开了水，让人放松放空、打开自我；可对本地人，美到极致的自然成了对立面。"九山半水半分田"，耕地奇缺何以家为，很难想象古人创业维艰的生活图景，但不食秦粟、不当汉官的商山四皓，肩挑背驮的秦岭挑夫、船帮纤夫，似乎在告诉我，丹凤人安贫晏然的风骨和韵致。即如现今，稀缺的土地还得盖房修路建学校等，人只能藏在山的褶皱里、住在宽不盈里的河谷半山，美则美矣，但正如鲁迅所说"一年到头请你看桃花"，终不是长法。要生存和发展，怎么办怎么干？

马炉村刘西有，六十年前用十二把镢头作了回答。他带领乡亲们把艰苦生境变成了充盈宝地，让全国掀起"农业学大寨赶马炉"热潮。他无儿无女，五十六年的短暂一生诠释了生命的要义。微雨中我们瞻仰马炉，展品励志、美景如画、水库荡波，诉说着丹凤人的昔日志气和今朝幸福。

如今的丹凤人，纷纷走出大山，来西安务工、做生意，去南京卖拉面，到温州搞捕捞，儿长女大、扎根四方。偏僻旮旯里的贫困户，更是迎福纳祥，全被安置搬迁到城镇生活。车过县城，看着人影舞动的丹江公园，我不禁感慨：秦岭最美是商洛，商洛最美在丹凤。

　　本文写于2021年5月14日，发表于2021年5月17日《西安晚报》，被广泛传播。

寻访毛乌素

那新栽套笼后的树框造型像鸟巢，很喜兴，似乎要喷薄飞出理想的鸟雀来。

国庆前，我终得机会去看毛乌素沙漠。

从西安去榆林，比去省内的其他任何地方都远。窗外晴空如蓝，秋色醉人，舒畅行旅。进入榆林地界，绿意渐次淡出，苍黄主宰了画面色调；一座座旁逸斜出的风力发电塔，像黄土高原上的行为艺术，标识着神秘高原与现代科技的联系。快到目的地横山，蘑菇疙瘩般的统万城、烽火台和古长城一晃而过，令人分分钟跌入历史的迷思。可怜无定河边骨，犹是春闺梦里人。啊，终于见到你，那黄昏中银蛇般闪着金光的无定河，向我们诉说着边地的今与昔。

十多年前的元旦，我来榆林当晚会评委，对塞上明珠有真切感受。街道、楼宇、窗外那层挥之不去的黄沙提醒我，城市就在沙漠边沿，人沙大战中，人并没有占据绝对优势。那天午后，没去成镇北台，我踩着沙尘膜拜了榆林城墙，绕榆林学院外墙走回。彼时，横山还是县，现已成榆林市的区，举目细看，山水美城，寻不到几粒沙。

横山方言中将横山称为"轰三"，陕北民歌《横山里下来些游击队》，本地歌手用方言这么唱：

对面（价）沟里流河（huó）水

横（hōng）山（sān）里下（hā）来些游击队……

正是这个红色、丰厚、多样、活力的"轰三"，给人印象深刻。

晚宴后遛弯，现代化的体育场和随处可见的豪车，让人不敢小觑小城的实力。迎着凉风，徜徉无定河畔，辨认着河边公园的篆书"梅兰竹菊"，大家久久忘归。

二十多年前读路遥才知毛乌素，从此再难忘怀，似乎那未曾谋面的沙漠倒成了我的精神原乡。事实上，毛乌素是路遥的麦加，是他生命的加油站，他短暂的一生，曾多次奔赴毛乌素休养、宣誓、盟师，一次次焕发能量、超越自我，最终完成茅盾文学奖皇冠上的明珠《平凡的世界》。除《早晨从中午开始》《平凡的世界》外，路遥中篇《黄叶在秋风中飘落》写冷空气时提及毛乌素，而《你怎么也想不到》则通篇拿毛乌素说事，讲一对大学生在回沙漠和留城之间的纠结和伤痛，其中直接描写沙漠的文字近万言，无疑是给毛乌素的厚礼。

如同到横山必吃羊肉，吃横山羊肉时必听《横山里下来些游击队》、必看陕北说书和横山老腰鼓表演一样，探秘毛乌素前，得先去别处。

第一站波罗古堡，它雄踞在横山街东北25公里外无定河南畔荒山上，距今1400年。古堡依山傍水、蜿蜒险峻，乍看城门和城墙似比西安城还雄伟，主街上建有古雅的四楼两牌楼，儒释道杂处共生，至今仍有住户。登斯楼也，紫气东来宛如天国，北瞰无定河，稻黄蟹熟，远眺，古长城隐然可见；西望，乃水草丰美的远方；回望古镇长街，最盛时参差万户人家，号称"小北京""小扬州"。此为兵家必争之地，1946年10月的横山起义，5000多名义旅投诚，扩地2万多平方公里，解放12万人。

中午，去榆能横山煤电用餐、参观。曾经的沙漠小城，已远非昔日吴下阿门，餐厅饭菜质量毫不逊色于西安开发区职工餐厅，职工待遇也不输于央企员工。高大宏伟的现代化发电机组，将本地煤清洁转化为电并输送华北。

怀着疑问，我们参观了羊产业馆和基地，明白横山羊肉不膻的秘密，羊从小吃当地的百里香长大；而顺川一望无际的羊舍，则展示着横山畜牧业的豪迈阵势。

车在沟壑纵横的山岭奔走，不时与秦长城、明长城交合，梁上是稀疏的植被和抱着成熟玉米棒的玉米，沟底则聚着不少积水，表明并不干旱。车时上时下，终于把我们带向毛乌素沙漠，就在电厂背后，竟是一望无际的绿？

路不好，时有拉煤大车，我们颠簸缓行。道旁是高高低低、疏密不等的松树，也有极个别的小白杨小柳树和灌木，树下是不知名的草，很少看到地皮，更无明沙。车行景换，时而绿不透风，时而疏密有致，时而矮小稀疏，甚至出现了只有枯草的洼地，让人疑心沙漠就在眼前。竟还发现一群羊，钻入并不茂盛的松林去，很刺目。大约一个钟头，仍不见魂牵梦绕的毛乌素，又走一刻钟才下车，面对"全国樟子松造林示范县"大标牌。

我"大失所望"，这就是毛乌素沙漠？

工作人员说毛乌素已消失。我不相信，再次确认，得知在人沙大战中，驼城人取得完胜。毛乌素森林覆盖率已由新中国成立初的1%左右增加到现在的41%以上，宁、内蒙古、陕三地的沙化治理率均超过90%，昔日的"沙漠之都"变成"塞上绿洲"，两个北京城大小的我国第四大沙漠彻底从地球上蒸发。

我怀着崇敬心情，随队来到雷龙湾樟子松基地参观。榆林人在治沙中愈战愈勇，将科技治沙和致富结合，"六位一体"是其创造性的经验：挖坑—换土—深栽—浇水—覆膜—套笼。那新栽套笼后的树框造型像鸟巢，很喜兴，似乎要喷薄飞出理想的鸟雀来。漫步松林砖道，沐浴着金子般从树梢洒下的阳光，我感慨万千，拿手机狂拍，急急写了篇文章：丰碑，毛乌素变绿洲。

本文2022年12月5日改定于西安兴庆轩，首发于2023年2月7日《宁夏日报》六盘山副刊。

苏州三游

枫桥书场里，抱琵琶的绿衣少女颜值高，咿咿呀呀得颇有韵致；红衣男子也精神，唱《枫桥夜泊》，使得古调独弹的水韵氛围拉满。

上有天堂，下有苏杭。

我曾去过杭州，为杭城写的文字，进入浙赣皖滇晋陕甘等多省中学试卷。十几年里，苏州也到过三次，是时候写点什么了。

去年暑气蒸腾的八月，我们重游沪上。桑拿天令人对外滩更加趋之若鹜，江风猎猎，满眼琼楼玉宇，万千游客堆在一江两岸纳凉听涛，粼粼江面船来舟往，汽笛声声；对面陆家嘴的震旦大厦、东方明珠塔等建筑，似跃动的巨人，标示着大都会的新高度；中山路上的和平饭店、27号等欧陆风情的"万国建筑群落"，宛如璀璨珍珠，与江里江外江岸玛瑙般的灯火勾连，织就了旖旎温婉的沪美人项颈上熠熠生辉的项链……应了热播剧《繁华》爷叔给阿宝的最后一言，看着黄浦，我不由想起苏州，总觉得沪美人有个同样惊艳的姐妹——姑苏。从上海泛舟苏州，一直令我神往。

可我没泛舟，而是乘大巴。首先坐小巴，次日六点多就在油漆脱落、座椅塌陷的小巴里颠簸，车穿行里弄中拉人，八点许至中山路。我们交钱，上到崭新的旅游巴士，大巴穿大半个申城上高速，飞驰在阳澄湖畔。湖光和天色相映，犹如多面魔镜，翻转在窗外，令人沉醉。十点前到苏州，上来个绿裙中年女地接，口齿伶俐地笑侃苏州被称为人间天堂的原委：水乡、鱼米之乡、丝绸之府、园林之都。十点许，至耦园。地接进去沟通，我们便如水泼地上般乱逛，在护园河的拱桥上流连光景、拍照，舟上的老妪用吴侬软语唱《苏州城里好风光》，颇好玩。

温度蹿到三十多度，女地接半天不回，百般无奈中，我忆起对苏州园林的记忆来。最初印象，源于叶圣陶的《苏州园林》，我曾给学生讲过好多遍这篇说明文，还据此写了首诗《题拙政园》：亭台轩榭布局佳，假山池沼汇成画。老树新花春常在，近景远景诗意发。书带蔷薇伶仃挂，门窗雕镂成一家。色调宜人益淡雅，苏州园林甲天下！

纸上得来终觉浅，绝知此事要躬行。四年前，我终有机会亲见苏州园林的真容。中影协的培训在苏州同里湖大饭店举行，我们镇日价面对浩渺湖水，听着高端讲座、看着梅桂同芳，享受着苏沪杭交汇点上隆冬20度左右的微醺时光，太欣兴了。主办方还安排了参观，穿越湖区，我们游览了张謇故居、嘉兴红船。沮丧的是，直到订好返程票时，我还无缘一睹姑苏老城，更别说园林了。勇气救了我，那晚走廊上，我鼓起勇气问一位女同学：有没有空一起逛逛苏州？我们只是点头之交，没想到，她竟爽快答应。

次日早饭后，我们便游姑苏去了。她推荐我看狮子林，还请我吃鲜美的太湖鱼，而后冒雨参观寒山寺。大约她习惯于参拜，我虽困惑，却还陪她上香。脚下泥泞、冷，我更加不胜感激。培训群里发来大师授课照，她架不住诱惑，匆匆而归。我虽觉结尾出乎预料，但还是感激着她，感激那趟苏州行。

女地接终于拿着一沓票疾出，被我们簇拥着鱼贯而入。与狮子林一样，耦园也以小巧见长，但不同于狮子林600多年历史、乾隆五游的殊荣，耦园是明清风格，且与佳偶爱情同构；耦园黄石假山之雄奇，亦堪与狮子林太湖石假山王国媲美，只不过今天太热，让人减兴。正好，男地接统计划船的名单，我们便去往寒山寺景区，被带进汽车站吃饭。我还点太湖鱼，结果大失所望，且有蚊子叮，不得不逃出，就晒在大太阳下，远望着寒山寺金碧辉煌的塔顶发呆。

更糟的是，36度高温里排队等船。像咸鱼浅搁海滩，游客"冒着生命危险""奋勇当先"。我挥汗如雨，端详着那黄汪汪的水塘，想起北方的涝池。景区无任何官方标识，但丝毫不影响其火爆、价高和足值。终于下到还算不错的船上，一位五十多岁的老导游告诉我们河水深四米、与京杭大运河联通，叮嘱大家拿好手机，说河里的手机比鱼还多。我们此去枫桥古镇，即古代漕运的码头，但先要穿过如镜枫桥。枫桥可真了得，是张继《枫桥夜泊》和毛宁《涛声依旧》创作地！解说一字一句串讲《枫桥夜泊》，我不觉汗颜，自己的理解有不少讹误，真是"读万卷书不如行万里路"。导游还说：苏州园林是大户人家的后花园，模式雷同，玩一两家即可，城内游园林，城外玩水乡；云云。对于北方人，晃悠在画舫里，看两岸的绿树红屋石条及游人，满耳吴语，确确乎别有风味儿。可惜，很快下船，去听苏州评谈。

枫桥书场里，抱琵琶的绿衣少女颜值高，咿咿呀呀得颇有韵致；红衣男子也精神，唱《枫桥夜泊》，使得古调独弹的水韵氛围拉满。惜乎几分钟结束。大伙儿拾级上到拱桥，拍录小桥流水游船的江南美图，遥想毛宁30年前首唱《涛声依旧》的盛举……太热，便下桥而去。张继铜像旁，拍照和摸金手指的人里三圈外三圈，我们只好先看脚下水边张继的"不系之舟"，几片垃圾围拢下，孤零零的船极不起眼，却令人肃然起敬。回头摸完金手指，我们信步堤岸，另一侧的京杭大运河水面开阔，满载大宗货物的轮船像一座座小山，气势如虹地逶迤而来，又缓缓离去，让人心驰神往。暑气鼎盛，蟋蟀嘶鸣，绿荫遮挡烈日，我们流连忘返，直到上车。

女地接拉着我们去丝绸博物馆参观购物，路上品尝她带的美味，选购我们喜欢的零食。回时，已夕阳在天，但此行的重头戏——参观盘门景区——尚未落实。她打电话后许久，出来一位极幽默的男导游，女地接便告辞。男子带我们"大跨桥式"地夜游盘门。

进门，就跌在灯火辉煌的瑞光塔下。这座雄伟、抱云不孤、生生不息的八角形北宋建筑，高53米，其前身与东吴孙权的报恩塔不无渊源。仅此一塔，就值了。塔后不远处，灵龟池开阔、幽暗、深邃，有意境。导游朝右指指，说那是86版《西游记》的水帘洞。我和六小龄童相熟，自然要多看一眼，灯光下，假山参差，水汽迷蒙，别有洞天。导游沿左匆匆朝前，带我们直入一室，观赏国粹表演，其实是听一位老神在在的省级书法会员表演书法，用小游客的名字作诗写字收润笔费。见此情景，我便去游"吴中锁钥""水陆萦回"的盘门城墙。

城墙形制颇类西安城墙，瓮城、城垛、箭楼俱全，但墙外的护城河和水门，很令我惊异。水是湍急的，还多了进城的水门，乃全国仅见的水陆并联古城门，为伍子胥所建。通明灯火下，吴门桥里桥外，人影杂乱，舞者纷纭，好一派歌舞升平、活色生香。我一时看呆了，小儿子蹦出老远，许久才回。——这是我苏州游感受最深者，令我常想起，想念那古今融合、活力四射的姑苏。

回到上海汽车站已快11点，我还在寻思第一次到苏州的情景。那是2010年6月末，我们出版社组织看上海世博会，其中一天安排游同里。中午，我们自商铺林立的古街口游逛而入，到影视拍摄基地石碑处，踩着《戏说乾隆》等剧名感叹一番。而后去小桥流水边逛桥、观天、览云，看鱼鹰捕鱼，流连江南光景。遗憾的是，我把它和周庄混淆了，以为自己没到过同里，直到同里培训的某天清晨睡不着觉，同学喊着去晨练、看景，直到晨曦中分辨清影视基地石碑，这才恍然大悟：我在重游同里古镇。如此，同里的昏与昼，便全装心里了。

　　本文2024年2月17日改定于西安兴庆轩，首发于2024年4月10日《苏州日报》沧浪副刊。

秦岭寻凉

绿哇，一块摞着一块儿，似巧夺天工的仙界叠翠，不时腾起翻滚的雾岚，诉说着生命的充盈和活力。

当世界多地惊现历史极值热天，火炉城市西安酷暑难当时，入秦岭避暑便理所当然。

目标秦岭南麓深山更深处，走国道。之前常高速去陕南，都是穿越而非翻越秦岭，饕餮了几多风光，这次终得机会翻秦岭，太欣幸了。

下午出发，太阳像个大火球戳在中天，阳光如解剖刀般犀利，似能闪瞎人眼，也似要划拉燃爆古城里的所有物什；城市街区空旷寂寥，花草树木行人一律蔫儿着，空调流出的水绘出小溪……大伙难掩逃离欣喜，沿210国道驶入沣峪口。霎时，中华父亲山以满满的绿接纳了我们，左青山右翠岭、前碧峰后绿梁，这些绿意丰沛的人间草木，分分钟焕发了游人的生机。那绿翡翠般的重峦叠嶂，都绣在不时流下瀑布来的巨石上；路就镶嵌在这石头和翡翠上，与沣河如影随形，忽左忽右；车像青虫，攀爬在秦岭褶皱中，河道里睡满各形各异白石，向游人做着鬼脸。经鸡娃子后，车朝巅峰进发，四点多到达中国地理南北分界——秦岭顶。路西，二面体墙上黑底金字、标识赫然，北面从左到右狂草着"黄河水系"，南面自右到左是行书"长江水系"。这一区隔非同小可，"南米北面""南船北马""南涝北旱""南柔北刚"等皆本于此。路东，两丈多高的台阶上有观景亭台。人车混杂，体感微凉，大家流连光景后，下行驶入"南方"。

不久，即到半山上的陕南北大门广货街镇。小雨淅沥，烟雨青山恍入仙境，竟生出凄清孤寂来。我们入住秦岭峡谷乐园，被告知这里距西安钟楼68公里。秦岭滑雪场负责人自豪地说：北京冬奥会有1金1铜、冬残奥会有11金8银11铜，为本基地驻训过的运动员斩获。绝佳的环境、骄人的成绩，使得"冠军基地"实至名归。空山新雨，游人漫步、荡秋天，与青山对坐，在流水潺潺的玻璃茶座上品茗、谈天、歌唱、跳舞，深夜方歇。

次日，大雨帘锁着群山和峪口，穿夹衣还冷。我们冒雨参观大蒿沟民宿，清风明月不用一钱买，但青山绿水胜过金银，其房价秒杀闹市的五星级。烟雨空蒙，茂林修竹亦幻亦真，绿都之誉确非浪得虚名，除路、河、房屋外，尽皆绿色。别处是建房后广植花木，到此则反，要盖房舍，非砍树整地不可。可这傲娇的绿，绝非天工造就，而是生态文明的巨擘谋划而成。

万绿丛中一点"红"。大雨如泼、洵河呜咽，为英雄泣。众人赴江口回族镇，涉水拾陡峭石阶而上，瞻仰烈士陵园。碑前，我们肃立、握拳、宣誓；墓园，大家一一绕行、收伞脱帽鞠躬、默哀、再鞠躬……展览厅，大伙儿听红色故事，得知毛楚雄不满19就被敌人活埋，有人泪目。所幸，烈士长眠地，新搬迁社区的14栋白色大楼森然肃立，时刻告慰着英灵；配套引进的社区工厂，则不惟实现就业致富目的，且达于世界领先水平。

山啊，连绵的大山一座挨着一座，像奔腾的绿象徜徉在天际；雨呀，瓢泼大雨一忽儿连着一忽儿，如青白色珠帘氤氲着碧翠山川；绿哇，一块摞着一块儿，似巧夺天工的仙界叠翠，不时腾起翻滚的雾岚，诉说着生命的充盈和活力。除了黑色晶亮的路和翻着浪花的河，就剩这广漠的绿，突然出现的枯树、花果、村庄，则成为这绿底上的花朵。不觉天放晴，奇冷，无人机将国道拍出长蛇效果，我们便是蛇身上小蚂蚁体内的生灵。逶迤山行百公里，辗转到达秦岭"园中园"。

山中岁月稀，夜香入梦来。大家感受秦岭小镇的昏与晨，与飞瀑流泉为伴，和奇花异鸟作友，在秦岭心脏打鼾，同大地绿肺共振，洗尘洗肺洗心，俯仰天地、审视内心，体味真意。

寻凉光景促，忽掩踏归程。凝视带露的夜来香，俯览葱嫩的朱鹮栖息地稻田，我不禁大吸几口气。

咦，能不忆"南方"！

本文2022年7月25日改定于西安兴庆轩，首发于2022年7月29日《西安晚报》"散文大奖赛"专栏。

第五辑

一抹红

　　在火热的革命战争年代，在那需要歌唱、需要歌曲而出了好歌曲、纵情欢唱的激情年代，每首歌的被发掘改造、改编传唱的过程，本身就是一出出悠远美丽的革命故事。

　　毫无疑问，子长虽无陕南的秀丽、关中的富庶，但自有其托底的傲骨和自信。

永不褪色的陇东红歌

> 我想，喷薄如春、源自肌理的陇东红歌，其生命力
> 定将生生不息、恒久不变，永不褪色。

儿时爱唱革命歌曲，跟着大人吆喝"高楼万丈平地起"，伴着打夯的劳动号子有板有眼地吼"解放区呀么嗬嗨，大生产呀么嗬嗨"，在领袖去世时天塌下来般地呜咽"一绣毛主席，人民的好福气，你一心爱我们，我们拥护你！"旋律和曲调大体不差，但只能唱很少几句，其他就只有哼了，一边哼一边很自得，以为自己学会了全国人民都爱的歌曲。上学后，终于全部学会了这些歌，却因为属于红歌的氛围已过去而渐渐搁生。长大后才明白，真诗在民间，这其中最著名的那三首歌，竟都是从我家乡陇东民歌里产生的。

在火热的革命战争年代，在那需要歌唱、需要歌曲而出了好歌曲、纵情欢唱的激情年代，每首歌的被发掘改造、改编传唱的过程，本身就是一出出悠远美丽的革命故事。

我出生的庆阳，俗称陇东。雄浑的陇东高原，又名渭

北陇东旱原，是块古老而神奇的土地。她安居于甘肃省最东、陕甘宁三省交汇处，地处泾河与洛河中下游、六盘山以东、黄河以西、甘泉华池环县以南、关中灌区之北，大小约莫六万多平方千米。高原地貌极不规整，天然形成丘陵沟壑、高塬沟壑、土石山地三大类，其中高塬沟壑区夹持在马岭以南、泾河以北的黄土高原上，海拔一千多米，俗称黄土大塬。这里，多数塬面平坦如砥，其中董志塬九百多平方千米，为我国面积最大、较完整的黄土塬地。陇东乃华夏农耕文明发祥地，20万年前就有人类活动，7000多年前早期农耕活动即出现，中国"第一块旧石器"便出土于此。尤为一提的是，4000多年前商周之际，正尊的庆阳人周老王鞠陶、周部落的杰出首领公刘及其后继，曾在庆阳及周边发展和积蓄力量数百年，为后辈开创中国史上最长、长达791年的礼乐文明时代——周王朝奠定基础。

周祖隆兴的活动轨迹，在我国第一本诗歌总集《诗经》有较清楚记载。《诗经·大雅》里的五首古诗——《生民》《公刘》《緜》《皇矣》《大明》，勾画出周祖发祥、创业、建国、兴盛的完整历史，堪称仅见的汉民族史诗。其中，《生民》记叙周始祖后稷神奇的出生，描述他在农业种植方面的特殊才能，带有神话和传说色彩。后稷名弃，由于发明了农业，被帝尧举为农师，遂因功封于邰（陕西武功西南）。《公刘》里的公刘为后稷三世孙（弃生不窋，不窋生鞠陶，鞠陶生公刘），诗中描写了周人由邰迁豳（分北豳和南豳，北豳即庆阳市一带，南豳为咸阳市旬邑、彬州市和长武一带，实为一体），以及到豳后，周人在公刘率领下开垦荒地、造屋建房的情形。诗中对公刘的勤劳、智慧刻画突出，他是深受人民爱戴的群众领袖和民族英雄，已完全脱去神话色彩。事实上，公刘的爷爷不窋失去农官后即带领公刘父亲鞠陶来到了豳，鞠陶是正尊的第一代豳地的周人领袖，这不难理解，绝大多数父子甚至爷孙都有共同生活的时光。《绵》叙述公刘的十世孙——古公亶父从豳迁徙到岐山直到文王受命为止的历史。而古公亶父就是周文王爷爷。周人先祖从定居豳地的第一代鞠陶到离开豳地的最后一代古公亶父，中间曾传十几代王，跨时四百多年。他们以农立国，在豳地积蓄国力，逐渐有了逐鹿中原的想法。《皇矣》先写西周有天命（史官手法），古公亶父（太王）立足并经营岐山、打退昆夷，再写太伯、王季继承并推进基业，重点描述文王伐密、灭崇的事迹和武功。《大明》从文王出生写到武王伐纣，为周民族的辉煌开国史。这样，从今天甘肃庆阳之南陕西咸阳北部发展起来的农业小国，经过四次大的迁徙，终于问鼎中原、一统天下。

我查资料时发现，从史书到今天的读者，一直争论不休，在纠结豳的区域问题，各执一端而不相让，大概有两派：一说豳为陕西咸阳市彬州旬邑长武，一说甘肃庆阳市。先不论自古关陇一体，历史上很长时间上述区域实为一个行政区，单从周先王四百多年十几代王的发展来讲，他也不可能只活动在彬州旬邑长武那么小的地域，或者只局限于庆城宁县等荒寒一隅。因为，以先周意气风发的姿态，任何一个王的儿子都不止一个，不可能全部待在王城苟且偷日，必然要另辟封地，开疆拓土的。如果周人的格局那么小，那他们就不配入局天下，中国的历史也该改写了。事实上，周先民从陕西武功主动来到咸阳庆阳，就是为了躲避天下纷乱，韬光养晦、壮大自己。

发明农业的部族最懂生产，懂得水是农业命脉，他们始终逐水草而居。黄河是中华民族摇篮，源于甘肃的渭河是黄河的最大支流，源于宁夏六盘山、流经陕甘宁的泾河是渭河最大支流，而源于宁夏、主要流经庆阳的马莲河是泾河最大支流。我常想，当年周祖不窋失之桑榆得之东隅，率领族人一路寻找沃土，逆着黄河、渭河，再沿泾河、马莲河迁徙，最终来到庆阳，才歇了脚。再远，就是荒蛮之地，还要受犬戎侵扰。周祖发现这里水草丰茂，适合农耕，又相对安稳，便定居下来，休养生息。

如同祖先来豳一样，离豳去岐山，也是为避战端。据传，戎狄不断侵占周领地，古公亶父为避免祸及百姓，答应只带家人离开豳。可是，当他离开后，庆阳人纷纷跟着他迁徙，从陇东走向西府。周边国家听说周王如此贤德，也纷纷来投。周渐渐壮大，由宝鸡走向西安，定都沣镐，开启统一征程。

上述文字锚定：陇东历史文化悠久，是周祖兴起的地方，中华文明的发祥地之一。《墨子·公孟》说："颂诗三百，弦诗三百，歌诗三百，舞诗三百。"而作为歌唱艺术的《诗经·大雅》《诗经·豳风》无疑是陇东民歌旺盛生命力的历史源头，也让我们感受到陇东人意气风发、富于创造、直抒胸臆的精神气质。这成为陇东红歌诞生的必要条件。

　　陇东民歌能应时而兴，除了上述历史渊源而外，还与20世纪上半叶革命烈火的淬炼息息相关。庆阳是甘肃唯一的革命老区，新民主主义革命以来，山多、沟深、林密、民苦的陇东以"闹红"而著称。20世纪30年代，刘志丹、谢子长、习仲勋等老一辈革命家在南梁的革命活动，成就了"硕果仅存"的西北红军，为中央红军落脚陕北、八路军开赴抗日前线奠定了基础。陇东也因此成为陕甘宁边区的重要组成部分，为陕甘宁边区的南大门。在整个延安十三年革命时期，陇东以民歌、粮食、兵源著称，《咱们领袖毛泽东》《绣金匾》《军民大生产》几乎与陇东粮仓、陇东战士齐名。

　　陇东红色歌曲中，最激动人心的莫过于《咱们领袖毛泽东》。高亢、热烈、真挚、浓郁、晓畅的词曲配以激情演唱，将翻身农民对人民领袖的热爱表露得一览无余，感染力异常强烈。令人称奇的是，如此伟大的歌曲，其词曲作者和首唱尽皆一人之功，而且是土生土长、目不识丁的周祖后人——庆阳农民孙万福。也许，我们应该这么理解，上苍将孙万福降到人间，就是为了将4000年前周人的风雅气韵注入中国革命的大江大河，就是为完成这首歌，以推动中国革命滚滚向前的。

孙万福，1883年生于环县曲子镇刘旗村贫苦农家。他虽是文盲，但人灵口巧记性好，能对人对事随口即兴歌唱；在村上很活跃，常办社火、演"春官"、当总管，在家乡很有名。需要说明的是，这样的人，在当年文化未普及的庆阳地面，并不少见，几乎每个村都有这样的"能人"和"铁嘴"。甚至像他那样拥护党、热爱毛主席、投身革命的农民也很多，所缺的，是像孙万福那样更杰出的才干和更特殊的人生遇合。

历史的际遇出现在1936年6月。当时，中国工农红军西征解放了曲子，翻身农民孙万福分到了田地和牲口，生产热情空前高，内心的感激无以言表，便情不自禁地用自己的"拿手好戏"开口歌颂毛主席。由于积极向上，他被村民推选为"优抚"代耕队队长和小学名誉校长，更加努力生产、支前、关心教育，其感人事迹不久就上了《解放日报》。1942年"大生产"运动中，他发挥模范作用，连续两年超交公粮700余斤；还不忘自己的专长，用自编的《二流子要转变》教育二流子学好。可见，孙万福是当时拥军、劳动、学习、思想模范，是一个天降大任后瞬间就能完成的人物。机会是给有准备的人的，历史性的一刻马上到来。

1943年11月，60岁的老汉孙万福被选为劳动英雄，出席了陕甘宁边区劳动英雄大会。会上，他介绍的农作方法以《孙万福讲农作法》为题，发表在《解放日报》。同年12

月9日，毛主席在杨家岭西北局办公厅，接见了孙万福等劳动英雄。孙万福激动地抱住主席的肩膀说："大翻身哪！有了吃有了穿，账也还了，地也赎了，牛羊也有了，这都是您给的。没有您，我们这些穷汉子趴在地上一辈子也站不起来。"他越说越动情，艺术天才随物赋形，不由自主唱道：

> 高楼万丈平地起，盘龙卧虎高山顶，
>
> 边区的太阳红又红，咱们的领袖毛泽东。
>
> 天上三光日月星，地上五谷万物生，
>
> 来了咱们的毛主席，挖断了穷根翻了身……

一口气唱完，大伙儿都惊叹万分。同为诗人的毛主席，得知眼前这位农民诗人是文盲后，对他的天才和气质也大为惊叹！后来，这首歌经贺敬之之手，被谱为《咱们的领袖毛泽东》，唱红边区和全国，唱出了那个时代的最强音。

《绣金匾》也是根据庆阳民歌而来，可以说，它由传统的民歌到找到首唱者、再到不胫而走，直到几十年后的二度走红，本身就是一部歌曲版的中国革命史。

《绣金匾》的词作者和首唱，是陕西省商洛市商南县（今商洛市商州区）逃荒逃到当时甘肃新正县马栏区三乡的年轻木匠汪庭有。汪庭有1916年出生于当时山多地少、穷苦无着的商南，两岁开始逃荒，直到20岁来到庆阳落户定居在杨家店子后才安定下来。这个爱好民歌的青年到了新天地，陕甘宁边区的革命气象、周祖文明的熏陶、庆阳传统民歌的感染、安定生活的舒心，如几股清泉在他年轻敏感的胸中激荡，感激和喜悦让他止不住地要像鸟一样歌唱。无独有偶，缪斯之神再次选择了个目不识丁的农民。他只能哼唱，他选择的形式和曲调是具有陇东乡土气息的《绣荷包》，歌词要靠交给学生而记录保留，一直编唱到十段的《绣荷包》。接地气的内容和群众喜闻乐见的形式，使得歌曲很快唱遍马栏川。

艾青听到这首歌后，建议改为《十绣金匾》，并在《解放日报》推荐。这首歌很快红遍整个边区，并增加了歌颂朱总司令的内容。抗战胜利后，为适应革命形势，改"十绣"为"三绣"。1976年随着三位开国领袖的接连去世，歌曲增加了歌颂周总理的内容，并经郭兰英演唱，流传和影响更其广大。

与上面两首文盲农民创作不同，《军民大生产》是河北定州市人、作曲家张寒晖根据庆阳华池县民歌《推炒面》改编而来。

1943年初春，陇东乍暖还寒。一年之计在于春，为反对国民党顽固派对陕甘宁边区的经济封锁，响应毛主席"自己动手 保障供应"的方针，八路军385旅在陇东花池县大凤川开荒种地，陇东军民发起了声势浩大的军民春耕大生产和文化卫生建设热潮。机不可失，陕甘宁边区文协秘书长、音乐家张寒晖随同文协主席、著名诗人柯仲平一行，风尘仆仆由关中下沉到庆阳采风，来到当时生产、文化和卫生的模范村——华池县城壕乡城壕村，深入生活，帮助工作。在这个依山傍水的山村，人们吃的面粉要用石磨粉碎推出，或牲口拉或用人力，推磨时间一般要持续好几个小时；若是农忙时节牲畜白天役使，只能晚上推磨，或者用人掀磨。为排遣漫长的推磨单调时光，人们会哼唱推炒面歌：

　　鸡叫头餐呀么呼儿嗨，

　　鸡叫二餐呀么呼儿嗨，

　　月亮起来推炒面……

这许是周祖时代就有的口歌，甚至，或许是更早的原始先民时代的劳动号子，是鲁迅先生所说的"吭育吭育派"，几千年来一直以口耳相传的形式在陇东传唱。这次，被外地文人，尤其是有意而来的采风人士、音乐家张寒晖先生的敏锐耳朵听到，便立即产生质变。是的，当张寒晖听到磨窑里传出姑娘们随意哼唱的调调时，他很兴奋，如同当年听闻北方女人哭丧后创作著名歌曲《松花江上》一样。这里，偶然性和必然性立即产生了耦合。他深受感染，觉得这源自地母、源于周祖腹地的优美、质朴、奔放曲调，正是他求之不得的天籁，于是很快将其改编为《边区十唱》。

这首歌，迅速在军民大生产的热潮中飞出大凤川，飞向广阔的天地，唱遍解放区、战场和全国。1964年大型音乐史诗《东方红》中，采用了这首歌曲，更名为《军民大生产》。

综上，陇东民歌本于历史、源自生活、发为内心，是勤劳勇敢、热爱自由的陇东人民的智慧结晶。其中,那些脍炙人口的篇章,顺应革命形势,被改造、转化、改编为革命歌曲,产生了巨大的激励教育作用,成为唱红全国、世界知名的红色歌曲,有着恒久的艺术生命力。

我想,喷薄如春、源自肌理的陇东红歌,其生命力定将生生不息、恒久不变,永不褪色。时代在巨变,即便有朝一日红歌成为另一个《诗经·大雅》《诗经·豳风》,成为历史活化石,那也有见证历史的宝贵作用。

2022年9月1日改定于西安兴庆轩,首发于《法治与社会》杂志2022年第12期,被广泛转发、传播。

扫码获取
● 作者访谈实录
● 散文鉴赏点津
● 考场真题链接
● 创意写作启迪

马锡五与《刘巧儿》

而能被群众称为"青天"者,非马锡
五莫属了。

我国历史上,百姓将那些断案公正、刚直不阿、为民请命的官员,往往称为"青天大老爷",如宋代的"包青天"包拯、明代的"海青天"海瑞等。到近代我党领导的革命战争时期,法律的天幕上出现了若干熠熠闪光的"红色法律专家",何叔衡、谢觉哉、雷经天、李木庵、马锡五等就是其中的杰出代表。而能被群众称为"青天"者,非马锡五莫属了。延安时期,陕甘宁边区人民喊他"马青天",毛泽东也题字称赞:"马锡五同志:一刻也不离开群众。"

马锡五,是经过实践检验的著名法学家,由一个放羊娃成长为共和国最高人民法院副院长。他是陕西志丹县人,1930年参加刘志丹红色游击队,1933年在南梁根据地负责军需,被刘志丹誉为"红军中的大能人";1935年任陕西省苏维埃政府主席,同年12月,加入中国共产党;1936年任陕甘宁苏维埃政府主席,1937年任陕甘宁边区庆环分区、陇东分区专员；1943年4月，又兼任陕甘宁边区高等法院陇东分庭庭长。马锡五不负陇东人民爱戴，兼职实做，反对主观臆断，坚持法律又忠于事实，为此，经常携案卷深入乡村调查研究，并巡回审理、现场办案，始终以群众满意和便利为考虑，该审判审判，该调解调解。陇东群众感激地称他为"马青天"。他的这套做法被称为"马锡五审判方式"，曾在各个解放区推广。1946年马锡五任陕甘宁边区高等法院院长；新中国成立后任最高人民法院西北分院院长；1954年9月任最高人民法院副院长。

马锡五的事迹很感人，这里讲讲他与《刘巧儿》的故事。

1943年3月，马锡五在华池县检查工作时，突然遇见一个女青年拦路告状。马锡五接案后，先在区乡干部和群众中进行耐心细致调查，听取了各方面的意见和要求，摸清了案情。

原来，这个女青年叫封芝琴（小名胖儿）。她自幼父母包办，与张金才之子张柏订了"奶头亲"。胖儿长大后，曾与自己未来的"老汉"张柏遇过面，双方一见钟情，愿意结亲。但此时，买卖婚姻传统思想根深蒂固的花池地面彩礼大涨，父亲封彦贵觉得"贱卖女儿"很吃亏，为多捞钱，他便以"婚姻自主"为借口与张家退了亲，又将胖儿卖给庆阳48岁的老财主朱寿昌，并得到不菲的彩礼。张金才知道后，叫了亲朋好友家门父子几十人，深夜从封家将胖儿抢回，并与张柏成婚。得不到人，朱寿昌随后将给封彦贵的彩礼全部要回，封彦贵落得人财两空，便状告张家到司法处。县司法人员受理后，以"抢亲罪"判处张柏与胖儿婚姻无效，张金才被判刑六个月。对此判决张家不服，胖儿也不服，便拦路告状。

马锡五掌握了这些基本案情，又去了解胖儿的态度，胖儿表示"死也要与张柏在一起"。马锡五又广泛听取群众意见，1943年7月1日召开群众性公开审判大会，做出如下判决：一、张柏与胖儿的婚姻，根据婚姻自主的原则，有效。二、张金才深夜聚众抢亲有碍社会治安，判处徒刑；对其他附和者给予严厉批评。三、封彦贵把女儿当财物，反复出售，违犯婚姻法，判处劳役，以示警诫。此判决合情合理，群众听后十分称赞，胜诉者胖儿和张柏更是皆大欢喜，别的当事人也无不表示服判。

案后，边区著名民间艺人韩起祥以其为基础创作了后来进入文学史的长篇说唱文学《刘巧儿团圆》。婚姻自主、反对买卖的曲折动人故事，在陕甘宁边区引起轰动，并传唱到其他解放区。边区文艺工作者又以这个素材，编写了剧本《刘巧儿告状》，后将其改编成评剧《刘巧儿》。生动的人物、故事和脍炙人口的唱段红极一时，产生了极大社会影响，对1950年4月诞生的新中国第一部法律《中华人民共和国婚姻法》的宣传，促进很大。马锡五很关注剧的演出，提出了改进意见，使演出效果大增。巧儿的扮演者新凤霞曾深情回忆，她说：每当演出时，就想起这位勤恳为民办案的马专员。1956年，长春电影制片厂将之拍为评剧艺术片，"刘巧儿"的故事传遍全国，剧中的刘巧儿和赵柱儿成了那个时期争取婚姻自由、反对封建包办的青年心中的偶像，激励他们争取幸福。

待到山花烂漫时，她在丛中笑。1962年4月10日，马锡五病逝于北京，谢觉哉在次日的《人民日报》发表挽诗，称"你是从群众泥土里长出的一棵树"。斯人虽失，风范犹存，据其感人事迹编剧拍摄的电视连续剧《苍天》在中央电视台综合频道播出，还原和再现了马锡五在陕甘宁边区工作时的经历。

本文写于2021年8月26日，发表于《法治与社会》杂志2022年第3期。

子长安定

> 兴尽回宾馆躺床上，山间鸟儿的婉转竟
> 萦绕耳际，端的是幸福伴梦眠。

早在元代，你就叫安定，寄予了人们对美好生活的向往；可直到二十世纪初，你的版图依旧可用偏远闭塞描述，你的肌体依然荒凉、贫瘠、凋敝，生活在你怀抱中的民众仍然艰难、贫困、潦倒，较之以往，其不安定感似乎更甚。穷则思变，是一个叫子长的谢姓小伙儿，是无数像谢子长一样的仁人志士，奋勇誓死反抗，奔走呼号，为改造苦难的社会抛头颅洒热血，为拯救衰微的民族而奋不顾身，这，才迎来曙光。你——安定县，始以子长的新名，更以"红都"的盛名，也以"将军县"的威名，赢得真正安定、真正幸福，并以青山绿水梦之城和一日千里的发展，告慰着先烈和人民。

为有牺牲多壮志，敢教日月换新天，抚昔忆今，我们每每感慨泣下。

夏雨潇潇，花红欲燃，枣树新发，午后我们来到子长，瞻仰瓦窑堡革命旧址。雨打红旗动不展，窑洞、毛泽东塑像、一花一木，甚至陕北说书和那只下不歇的雨，都似在倾诉着革命者的初心。1935年11月，"天下名堡"瓦窑堡迎来了改变历史的一天，结束长征的中共中央、中华苏维埃共和国人民政府和西北军委（中央军委前身）落脚于此，直到1936年6月。共和国的开国伟人们曾在这里运筹帷幄、决胜千里，倡导抗日民族统一战线，为历史开画。民族英雄谢子长等子长籍十位将军和数以千计的革命英杰，也汇入中国革命洪流。瓦窑堡，遂以塞上红都名世。

雨中的城市温婉秀美如画图，秀延河将市区隔为一江两岸，使人恍入江南小城。下午我们离开市区，冒雨去参观有千年历史的古安定县城和距安定故城十里的钟山石窟。石窟依山凿窟、造像万余，眼中所见令人叹为观止。黄昏雨歇时回到市区，晚饭后乘兴爬上文昌寺山，想寻访作家林。市民络绎不绝，晚练的、闲逛的、扭秧歌的、跳扇子舞的、排练节目的，人人怡然自得。入夜，登安定塔，极目远眺，灯光星星点点虽不甚炫，但小城的秀气和可喜也正在于此。比一般的北方县城大，自左而右的三绺儿灯火，依次是行政中心、商住区和延长大厦。塔下有人合影，喊：君到子长，幸福绵长。兴尽回宾馆躺床上，山间鸟儿的婉转竟萦绕耳际，端的是幸福伴梦眠。

次日，先拜谒子长烈士纪念馆。子长陵建成后曾毁于战火，新中国成立后重建，葱郁、庄严的氛围令人肃然起敬。解说特意强调是纪念塔而非碑，英雄相惜，毛泽东曾为从未谋面的谢子长题词三次并作了碑文。往事已近百年，是呀，谢子长创建的陕北根据地，硕果仅存地成为中央红军的落脚点和抗日的出发点。

车子再次驶离市区，这次朝着榆林方向，山野光秃而干旱，毫无疑问，子长虽无陕南的秀丽、关中的富庶，但自有其托底的傲骨和自信。这不，无限风光在险峰，俩小时后我们到了两市三县辐轴、万山来奔、极富黄土印象派气象的狄青山。呼吸。眺望。欢叫。拍照，并发自肺腑地长啸：子长子长，幸福绵长。然而，山虽气势磅礴，却一律灰突突的，暑气上来，生境之艰苦凸显。恋恋不舍告别这离天最近的高台，去参观黄土画院，野生的桑葚大饱了我们口福，大家纷纷表示要以诗文记之。陪同的同志自告奋勇说她婆家就在这里，还说自己结婚的彩礼是两千元，本地重礼不重财。您瞧，子长的幸福是写在心里的，也是实在、甜蜜的。

午饭在画院的小院子进行，似乎舌尖上的幸福永远难以抵达尚未通高速和高铁的子长，可别恼，惊喜马上驾到。

重耳养生谷，让人大开眼界、流连忘返。这是一处山路转弯的寻常沟回，是亿万年来造山运动和风力水流的结果，据说新近才圈定开发起来；可下到二三十米的沟底，她的奇妙、怪诞，她的温润、旖旎，她的爽利宜人，征服了每一个人。谷底的尘光气韵，有其他任何地方所没有的奇美，脚下是沼泽和芦苇，眼前的物什都镶上了美丽的金边儿，大家小心地边走边看边拍，不住变换着组团合影，赞叹欢呼说笑声回荡在水潭崖影和草丛林间……毕竟，晋文公隐居地，任谁来，不快活都难！

次日主持研究生论文答辩，我当晚便搭火车回西安了。望着黑漆漆的小站和逼仄的候车室，我想，子长虽偏，但近可达省城，远能直通首都。如今，子长安定，天下大安，正是你我赶路时。

本文写于2021年8月24日，发表于2021年9月8日《陕西日报》秦岭副刊。

皇甫村记事

当年，城东大学城的皇甫村，断断不亚于城南大学城的八里村。

十五年前，我研究生毕业来西安的一所大学工作。一如担心，我那敝帚自珍的台式旧电脑，托运后显示器背后裂了口子。虽尚能工作，但还是早修为妙，我辗转腾挪，抱着"三大件"挤公交，好不容易下车，摆好方斗似的显示器、城垛样的主机和那提兜里一秃噜的键盘鼠标接线等；长舒一口气，我大功告成地翘首四顾，却愣是没发现交大电脑城。的确，西交大电脑城没有我母校兰大电脑城那么巍峨，我就问路过的一位先生，他说：坐401走几站就到。真行，我费了更大劲儿，竟到了远三倍的赛格电脑城！其实问他时，我就在交大电脑城对面的交大一村楼下转角处。

人生路茫茫，我没料到自己与这地方缘分深深，定居在了交大电脑城对面的村子——皇甫村。然而，这还不是我与皇甫村的初遇。

几个月前找工作，我和同学来西安笔试面试，顺便投了一圈简历，其中就去过西交大。其时，光秃秃的兰州城零下十几度，雪后的兰山白皑皑的，黄河凝冰，人口里冒着白气，眼中鲜有绿色；而大长安道路宽阔、市容整洁，法国梧桐森然矗立，雨雪霏霏中，我穿着棉袄冒汗。文艺路中间是葱茏的棕榈和绿植，每所大学校园都视境开阔、"春意盎然"。西北第一楼——西交大校园里湿漉漉的，思源活动中心震撼了我，但投完简历出东南门往北，隔路却是另一世界：一丈多高的高塄上长满草木，土路湿滑，高低难走。现在想来，土塄东面，环皇甫村皆交大也。

到西安后，我住在皇甫庄北的互助路，常光顾皇甫村。俩村仅三站路，我是不屑于坐车的。那年夏初，我走在咸宁路和兴庆路什字西北角，突然，脚下地面和车辆开始游移，我立即意识到是地震。不用讲，那是国殇日：2008年5月12日。去皇甫村更多在晚上，参差纷攘的夜市，有着别样的人间烟火：在《一无所有》《花房姑娘》的粗犷歌声里，人流摩肩接踵，理发屋门口转着彩色柱子，吆喝叫卖声和着吃食店的热气和香气，吃的逛的住的满眼是，大学生们拥吻着走过，走进脚边的安乐窝去。当年，城东大学城的皇甫村，断断不亚于城南大学城的八里村。

在而不属于，我没敢想自己能和这里有关系，甚至不敢想西安城于我有啥关系。但两年后，我和妻突然想到不该一直当租户，就心血来潮地去看房，早上出门，中午就被忽悠着交了两万元定金。楼盘名叫常春藤花园，正是皇甫村上造的商品房。塔吊高竖，现场在挖坑，售楼部里乱纷纷的，皇甫村的生猛小伙儿目眦欲裂地维持着秩序，却再也看不见当初的村庄和人，面对的，是清一色衣冠楚楚的买房客。再两年，正对交大三村朝东通了条路，接通交大商场；这个占地七十亩的小村由此分为南北东三区，只留这条皇甫路提醒着曾经的村名。脚手架拆掉，赤褐色的房子巍然耸立，我成为这里的居民，站在客厅望古人诗词中的终南山。

人车喧嚣，商旅云集，皇甫路呼吸灌注着现代气息。然而，所有的热闹都冲名校来，就连我们小区，也是交大校产怀抱中的一块"飞地"：西倚交大及其出版社，南临交大附中，东接交大二村三村和小学，北靠交大一村和幼儿园。抬脚而不过交大，除非飞。

几百米外的皇甫庄也已改造为洋房，四四方方，里面有小学。无独有偶，几十公里外的长安，也有个颇具文艺范儿的皇甫村。

去年，我们作家班参观了柳青纪念馆。随后去皇甫村，好一派"暖暖远人村，依依墟里烟。狗吠深巷中，鸡鸣桑树颠"画面！盛夏的高温炙烤着依山而建的长安皇甫村，人无处遁形，大伙儿隔门瞻仰了柳青故居。返程中，我拜谒了柳青墓。俯仰周遭，心中敬意油然而生。这里，是《创业史》孕育地和本事地。68年前，北京一个叫柳青的革命作家放弃了首都的优渥待遇，化为长安的农民，为的是下生活创作，14年后终得偿所愿。暑气缭绕，隔着葱茏的高树望去，下方是广漠的蛤蟆滩，远处是苍苍秦岭，恍惚间，《创业史》中的画境徐徐展开：梁生宝买稻种、割竹子回来啦，柿树院里的改霞咬着发辫含恨含泪的神情……我甚至看到柳青与老乡们卷着烟卷儿圪蹴着攀谈的画面，看到他捐稿费为皇甫村拉电的感人一幕，回到几十年前农村合作社蓬勃开展的年代……啊，这一切不是小说，是发生在这里的实事！

回到我的皇甫村，我时常想起长安的皇甫村。清晨，我站在阳台望秦岭，似乎又看到蛤蟆滩，看到柳青。每每这时，我就会不用扬鞭自奋蹄，开始我一天的工作。

本文2022年5月19日改定于西安兴庆轩，首发于2022年6月29日《羊城晚报》花地副刊。

在长安

　　数九寒天，风雪载途，万物枯寂，勇敢的迎春花却羞涩而又热烈地铺满校园、公园、道沿和单位及小区的院子里，飞溅成一泓泓黄色瀑布，解人困乏和劳顿，给人喜兴、暖意和能量……

　　秋水长天，终南叠翠，丹桂飘香，诗意长安意象繁复时，迎面撞上了第十四届全国运动会，不，是陕西和西安已准备就绪，正全情与十四运喜相逢。

家·园

> 那年初冬大雪，兴庆宫高树白彻连天，低物雪肌粉
> 肤，成了童话城堡，全家堆雪人打雪仗，美了天地。

　　小时候，家里有两个园，进城后，楼下亦有俩园，
这些园成为家的附属、生命的一部分。我常想，凡人皆有
园，园之于人，概为家之必需、玩耍休憩欢乐和容纳生命
的所在。

　　儿时的园，住在老家，是菜园、果园、百草园，也是
口福园、欢乐园。

　　为了我们的欢娱和成长，父母先后建过两个园。老
园在老庄子场后，我出生时就有。儿时觉着大，今细想约
半个篮球场稍大点，近乎梯形，西南边短墙围着，其余临
空。园里栽树种菜种花，印象中仅一方韭菜、两畦葱蒜、
炕大一片笋叶、三五丛芍药而已，算个果园或桑园。约
二三十株树，大树围小树，果树居多，楸树桐树椿树杂点
其间，冬日里我们常借着树捉迷藏。桑树共五棵，有白
桑、红桑、公桑树，桑葚仲夏成熟，我常常犯险爬高枝，
大快朵颐那带着太阳温热的香甜果，而后猛摇，赐小伙伴

们在地下抢吃。也有苹果、核桃、桃树，都是我们口福和滋养来源，甚至有株我们陇东异常罕见的樱桃树。修新庄子后，庄前屋上宽展，建了大园子，一亩多富士树，西瓜甜瓜、各种果木都有，一年瓜果不断，还继续养蜂，采花增产。我常在果园看书，累了摘果子吃，思考人生出路；如今出路有了，故园却失，不得不说是遗憾。那年夏父亲去世，正赶上杏子熟，人们吃着杏，感慨不已。

岁月匆匆，故园哺育我们长大离家，但她却还安静地卧在黄土大塬的巴原村，定定地遥望着我们，成为荒园，成为我们心中的园，常光临我的梦。前几年推庄整地，老庄子被整，我颇觉遗憾，想去看，终没机会。新庄子距离父亲坟近，有时会看看，已荒漫得与山野"合谋"，草半人高下不去脚，远瞧，洋槐树林早淹没了果树，树锈树胶满身，雉鸡野兔松鼠惊慌地蹿跳开去。

来西安后，楼下坐落着两个驰名中外的园，居地千三百亩，隔路而临，一古一新，是兴庆宫遗址公园和西交大兴庆校园，代表着古代文明和现代科技。按说，此系公产不该私属，但实在离我太近，如下所述成为家人工作学习、生活活动的场所，故称其为"我之园"，当非语病。

兴庆宫不可不来也，春有草木萌发、满园飞花、万头攒动，夏有荷花映日、湖光潋滟、山色空蒙，秋有大丽花菊花争妍、国庆园艺，冬有蜡梅报春、飞雪扮喜；四季花绿悦目，更有弦歌不断舞不绝的浓郁古都文化氛围，令人倾倒。尤为重要者，此系市内最大公园，本为唐三大宫之一，有千三百余岁，曾为李隆基杨贵妃李白等的歌舞场，花萼相辉楼、勤政务本楼、沉香亭闻名遐迩。1958年为欢迎上交大从黄浦江内迁而重建，与名校相看两不厌，并满足游人。1994年我第一次来西安游兴庆公园，其时还收费。2007年居古都后，我家与园为邻，抬脚就进园。2010年春节某晨，我们和妹妹晨练，跑到公园不见了妻，回头，却道肚子疼——怀孕了；如今小儿已十多岁，写的作文《兴庆宫》清丽蕴情。那年初冬大雪，兴庆宫高树白彻连天，低物雪肌粉肤，成了童话城堡，全家堆雪人打雪仗，美了天地。

西交大鼎鼎有名，我们小区是其"飞地"，原名交大新村，四面皆交大校产：大学、出版社、附小附中幼儿园、一二三村。抬脚而不过交大，除非飞。交大实力和樱花齐名，前国家领导人和钱学森的母校是也，领导连年到访，遂成盛事。2009年我在交大出版社做影视畅销书编辑，我的楼还在挖地坑，两年后搬进新家，阳台与交大附中大儿子的教室上下相望。过几年，得知妻拒了交大博士的录取，我遗憾许久。再几年小儿子进交大幼儿园，毕业典礼在交大思源中心进行，规模宏大、暖心，是人文教育之楷模。交大兴庆校园精致典雅，思源中心主楼、图书馆广场、东西樱花路梧桐路等组团，都是盛景，莘莘学子更是风景。

出交大北门即兴庆宫南门。以前锻炼，我从交大一村彩虹桥入，校园一圈出北门进公园，完成一个花团锦簇的

"8"字竞走，或在交大标准运动场跑步。大儿子的足球球技，也淬成于交大，去年工作后带领中国重汽豪瀚研发团队赢得足球赛亚军。

惜乎，疫情后校门关闭，公园也因迎大运会而闭园整修，鲜花湖水宫殿连同跑道全里面了。故园既荒且远，校园公园又待重新与人相聚，望园兴叹间，我想，有家无园也不成，人园同构方自洽！

本文写于2021年4月23日，首发于2021年6月23日《宁夏日报》六盘山副刊。

▣▣ 扫码获取
● 作者访谈实录
● 散文鉴赏点津
● 考场真题链接
● 创意写作启迪

《家·园》创作谈

> 当然，家园、乡愁、乡土、城市，是文学
> 永恒的话题，甚至可以说它就是文学。

十六年前我告别生活了三十几年的庆阳农村，来到兰州大学读研时，有当教师的年轻老乡在盘旋路校区西门马路斜对拥有了新房子，我看到后非常羡慕。十年前，我搬进"西北第一楼"的西安交大马路斜对的新家，与交大成为邻居，离兴庆宫公园也更近了。在此之前，我毕业后来西安，租住在互助路上，离兴庆公园不远。闲不游学，但我做得很不好，十几年来我和家人经常漫步、锻炼、栖息于西安交大兴庆校区。至于逛兴庆公园，更是随便动作。我也常常自豪地对人说，我家有俩园，也曾对人说自己要写个文章《我家的两个园》。——这个创作欲念像头小鹿般，一直在我胸间撞击了我好多年，让我有了焦虑。我甚至都有了文章的开头句子："我家的两个园其实不是我家的园，只不过它们与我过从甚密，才变成了'我家的两个园'……"

奈何，我思想浅薄、文思枯竭、文笔把控力弱爆，待

136

到今年4月下旬终于动手敲字、要写这篇文章时，竟敲下了如下标题：家·园。

敲了这标题，还没有吃惊，而是起首从孩童时候家里的烂塌窑洞庄子写起，"发现"小时候我也有"我家的两个园"。这时，电光石火间，我的思想来了一次升华，觉得，在城里的"两个园"和乡下的"两个园"的对比当中，家与园、人与城、城与乡、荒芜与繁华、开放与封闭等诸种关系和思辨，都可以打开来、说上一说。这是敲键盘前空想所没有的新收获。昨天参加"中国作家陕西文学周"活动，金仁顺在回答一个习作者的问题"如何坚持写作"时讲：每天到一定时候，就坐在电脑前写，即便写不出来，也枯坐着。这个观点不是她一个人讲，两年前在苏州听鲍鲸鲸讲《失恋33天》时，也这么说。我在其他书上也读到过类似观点，自己经常这么做也有应验，这次便是很好的证明。由"眼中之竹"到"胸中之竹"，落而成为"纸上之竹"时，发生了奇妙的化学反应，文章的立意可能境界出新。

当然，要画好"纸上之竹"，笔法和尺幅的把握很重要。一边写我一边操心文章的字数，我要写1500字的报纸文章，于是我的文字一直在抠，并且告诉自己文章描写的成分要减少再减少，夹叙夹议的地方要增加，还要形成"迂徐从容""温暖如话"的随笔风。但是，我肚子里的怨气出卖了我，因疫情的封校和因修缮的闭园所引起的不便，让我禁不住要"刺他一下"。好在，编辑的高见让我改过，于是，文章的风格也相对整一了。

当然，家园、乡愁、乡土、城市，是文学永恒的话题，甚至可以说它就是文学。我这里只贻笑大方，权作抛砖引玉耳。

本文写于2021年6月9日，为就《家·园》而答《宁夏日报》的创作谈。

想象那场花事

你是百花中的弱女子，也是生物界的伟丈夫，让人感动满满，元气充沛。

　　过了腊八就是年，已到元月中旬，是往年古城第一枝——迎春花开放的时节了。

　　数九寒天，风雪载途，万物枯寂，勇敢的迎春花却羞涩而又热烈地铺满校园、公园、道沿和单位及小区的院子里，飞溅成一泓泓黄色瀑布，解人困乏和劳顿，给人喜兴、暖意和能量，使得"四季如春，三季有花"的西安城冬季也有了花。每每那时，我就会挤时间，兴兴头头地去楼下的西交大或兴庆宫看迎春花，拍照分享报喜。

　　裹紧入九才穿的棉衣，冒着寒风，踩着干枯的泥土和树叶看花，或者踏雪寻花，起初会看到枯焦的迎春花拱形枝丫的每个分叉处，探出米粒般大小的鹅暖黄花蕾；喷薄生春的花苞要不了几日就会不自持地绽放，待到双层六瓣、外染红晕的金黄小花迎风舒展，挤挤挨挨艳丽成一条条黄辫子、一面面黄墙、一片片黄海时，花瓣下鲜亮的绿色花萼和叶子也迫不及待地冒出，前来殷勤护花；幽幽花香打破寒冬的禁锢，报告着春的喜讯，让人身心舒坦；不觉间，整个儿多棱状的灰色茎蔓也变成墨绿色，三小叶复生的厚实叶片毫不迟疑地漫过花瓣，统治了黄辫子黄墙黄瀑布和黄海，将自己装扮成冬日里的绿洲，赢得"雪中四友"之一的美名。

咦，落叶未脱始见华。迎春花几乎是逆着冬天一路迅跑而来，于冬日里凌寒怒放。她端庄秀丽、不畏艰难、浑身是宝，多像古城里迎病毒、冒风雪、不畏死亡逆行奉献的"大白"们呀！感受迎春花由枯死、酝酿到复萌、惊艳、葳蕤的周而复始生命奇迹，领略她不择地而生、不畏寒而开的风范，我禁不住叫好：你是百花中的弱女子，也是生物界的伟丈夫，让人感动满满，元气充沛。

以前，我是乡野之民，与烂漫山花为伍，每每目遇山间披着尘土、盛着露水、散着芬芳的无名无主野花时，身心的愉悦无可名状。春季，常有大卡车载着各种乔木灌木从土路上驰过，溅起几丈高的土雾，是挖花木去美化城市的。十七年前，去城里读研，真发现公园里满是我家沟畔的马莲花、丁香、蔷薇、杨柳树……只不过，物以稀为贵，乡野司空见惯的物什到了城里，博得众人青睐，让我这个乡胖子亲切又欢喜。母亲常说：你看，这是咱门畔的麻拨子（学名叫单瓣黄刺玫），这是咱那里的农柏木（学名叫北京丁香）……

记得2007年3月18日，我来西安试讲，坐6路车穿城门而过，春色抹得护城河周遭一片葱茏，令人疑为仙境。及来，发现西安的植被和绿化的确丰富，也更多地见到老家的麻拨子。家住兴庆公园旁，每年10月的公园菊花展，令我想念家乡的野菊花。当野菊花开艳时，故乡的气温已大降，冬衣不久就上身。父亲当年是养蜂能手，他说：野菊花是割蜜后蜂的最后一个劳作对象，采回菊蜜储好冬粮，蜂就冬眠了。陇东的冬季，对于这些小精灵是致命的，零下二十度的严寒，往往使蜜蜂看不到明春的花朵。——我家的蜂时常在冬天里被"连窝端"，待到我来城的前几年，家里便没了蜂。很是缺憾。进城后，我大儿子还记得那些蜂，可知蜂对于我家的重要。没蜂后的好几年，每到端午还有人来我家买蜂蜜——父亲养蜂的出名可见一斑。如今，随我来城十年的父亲已故去，安息在老家的平坳里，不知他在那边还养蜂吗？

古城有不同于故乡的温润性情，那年下班经过兴庆公园南门，看到交大兴庆校区北墙的迎春花迎寒怒放，不觉喜出望外，经年的困顿，终日的劳碌，各种不顺心，瞬间灰飞烟灭。可见多了，便有些麻木。及至摸索许久，终以体认、书写、呵护这座城为己任，无愧心也。

今天我的城罹难，心里不爽，就曲里拐弯地想起这么多，聊以自慰！

本文写于2022年1月17日，发表于2022年2月17日《西安日报》西岳副刊。

当全运遇上长安

哦，时间不语，但是它裁判和决定了
世上的一切……

秋水长天，终南叠翠，丹桂飘香，诗意长安意象繁复时，迎面撞上了第十四届全国运动会，不，是陕西和西安已准备就绪，正全情与十四运喜相逢。

祖国包括港澳的各路健将、高手乃至世界冠军们，都云集古都，领导也莅临古城，游客和嘉宾也纷至沓来，他们都前来为西安这座国际化的国家中心城市赋能，为陕西赋能，为老陕赋能，同时为中国赋能，也为自己赋能：被祖国、老陕、陕西和长安赋能。于是乎，延安西安，更红了；秦岭黄河，更美了；兵马俑大雁塔，更火了；钟楼城墙，更飒了；地铁、有轨电车，更爽了；航天航空、西部硅谷，更响了……一句话，咱老陕今日个嘹咂咧①，为的是咱国家更好了。瞧，簇新静穆如处子般的西安奥体中心元气满满，像裁判像慈母般翘首以盼，为选手赋能，并期待

---

① 陕西方言，指好极了。

着他们赛出水平、赛出风格、赛出中国正能量。

从六年前接办全运到而今如期举办，其间的努力不可谓不艰辛、不可谓不紧张，但，与其说这是3900多万陕西人区区几载的笃行践约，不如说那是14亿中华儿女对华夏祖脉的遥远回望和深情体认，不如说是近1300万西安人民对十三朝古都千年雄风的郑重重拾，亦不如说是铮铮老秦共赴国事的一诺千金。一百多万年前的蓝田人和同在西安近郊的女娲遗址、半坡遗址，见证着华夏民族的祖脉赓续；三皇五帝、夏商演变，在这片天府之国的土地上发生；周的礼乐和近八百载治理，秦的大一统和遗憾，汉的"虽远必诛"霸气，有唐一代的文治武功……中国历史上的大治大盛时代和主要的传统文化如儒道法者，都与关中这片热土密切相关。山河表里潼关路，秦岭渭河护长安，西安的一砖一瓦、一草一木、每一方天空每一朵云彩，都在诉说着中华民族的无上荣光、无比傲娇和盈盈初心，都凝聚着我们这个从历史纵深走来的古老民族的精神和心力。西安事变，深刻地改变了历史，延安十三年换来了新中国；时值建党百年和民族复兴的关键节点，今天的全运会似乎应该更高更强，更其元气充沛、浩气长留。

来吧，让我们焕发出先民们茹毛饮血、战天斗地征服自然的洪荒之力，把握本我、超越自我、张扬超我，赛出好成绩；让我们以"刑天舞干戚"的气魄，猛志长存，赛出高水平；让我们复活周礼、秦制、汉韵、唐风，赛出风格和风骨；让我们以为历史开画的勇气和智慧，为中华体育开辟新天地……

哦，时间不语，但是它裁判和决定了世上的一切，包括西安全运会所有奖牌、荣耀的归属；秦岭不语，但是它凝视着全部一万两千名运动健儿的拼搏和勇气；长安不语，但是它把每一句祝福公平地给予了每一个运动员；你不语，但正专注于自己的事：当好志愿者服务者、裁判者、参赛者和观众。我们有理由相信，全运史上一定会铭记住这个在长安的时刻，中华运动史上一定会铭记那十二个"长安十二时辰"。

看，秦岭四宝——十四运四大吉祥物"朱朱""熊熊""羚羚""金金"，正很萌地瞅着你呢！武林高手"诗仙"李白，也穿越了时空专程回到西安，正瞧着你嘞！陕西美味儿石榴、猕猴桃、羊肉泡、葫芦鸡等，正等着为你们庆功呢。

不消说，当长安约会全运和残特奥会的时候，也是全运和残特奥会拥抱长安的吉时佳日。追赶超越中的陕西正在祛魅和蜕变，三秦的山更绿了，水更清了，天更蓝了，历史文化、革命传统更浓了，老陕的日子更美了。中国人的心里也更舒坦了——从西安钟楼到商洛商南的金米村、从北京王府井到藏南阿里冈仁波齐、从香港尖沙咀到甘肃定西岷县的小山庄……共和国的每一寸土地上，人人脱贫实现小康，绝对贫困人口更以零标记。这，在历史上、世界上，是绝无仅有的。是为大治。在疫情肆虐寰宇、东京奥运空场进行的时期，风景这边独好，长安秋景醉人、赛事犹酣。比赛切磋、交流互鉴，以此为契机，陕西和西安将奋力书写发展的新篇章；中国体育也将以此作为巴黎奥运周期的新起点，书写新的华章。

未来，中国的事情会更好，老百姓日子更有奔头。写至此，我不由要发出长安一声吼：全运吉祥！长安吉祥！中国吉祥！

本文写于2021年9月18日。

说不尽的白鹿原

> 咦，白鹿原很神吧，真是说不尽的
> 白鹿原。

我与白鹿原有不浅的缘分，有些说头，不妨说说。

当然，这里的白鹿原不仅仅是地理概念，还是文化概念。

1994年暑假，我来西安打工，就在白鹿原。那是东郊半坡遗址附近的一块路边菜地，任务当然是种菜，一天挣十多元。我第二次来古都，前一年春是教学观摩和旅游；这次说打工还不准确，我教书已两年，长期呆农村，假期随俩高考生出来体验生活，见世面。印象很深，热、长腿大蚊子、失眠；除了烈日下采鸡肠豆角、摘茄子辣椒番茄、收拾两丈高的豆角搭竿和撕扯不尽、刺刺挖挖的豆蔓外，就是做水煮菜下疙瘩吃；乐子是：瞅路边的漂亮姑娘，下班坐电车逛纺织品充斥的纺城，晚上偶尔看露天电影。记不起去没去市内，路生，怕走丢；估计回家坐车时路过了。彻底晒成黑蛋时，同来的老乡收到了大专通知书，我们便告别了那里。苦力十日，主要是种了一大片

146

菜，但离开的前一晚，一场特大暴雨将其冲毁。

几年后，一本书获茅盾文学奖，就叫《白鹿原》。当时虽没读过，但常常自豪地对人说，我就在那里打过工。此后，这本书写进了文学史，成为我考研的备考内容。但直到2005年，我才读到这书。

当时，我拿到兰大现当代文学硕士录取通知书，假期去北京打工。我已辞职，这次是真打工，编写由王蒙、叶文玲、刘恒等主编的丛书里的两本。当时住在北京海淀双清路北林附近，周内要穿过林业大学校园坐公交，前往亚运村上班。中午到超市买饭，晚上回北林餐厅吃，坐在校园休息，休息好再锻炼。闲时，我租来《白鹿原》，囫囵过了一遍。

研二第一学期末，我拿到录取通知书，成为本级文学院第一个找到工作的硕士，当西安工业大学的辅导员。看介绍，这学校还有个陈忠实当代文学研究中心。毕业前，西安市劳动局一直给我打电话，之前西安文理学院向我发了导演教师的聘任通知，已为我排好课。摇摆之间，我失了业，便决定考博，次年又去西安曲江影视上班，过了段不稳定的日子。

为谋生，我去一家旅游策划公司做文案，策划一个影视城项目。不用讲，名字就叫白鹿原影视城。项目地址在蓝田县前卫镇107省道旁。实地考察免不了，我们十几人曾披荆斩棘，从山脚扒开丛林、踩着丛草和小溪，爬上荒芜的塬头。大伙儿一边跋涉、察看，一边讨论和研究项目设计、功能版块等的策划内容。当时，塬头靠省道的黄土平台上，有个土门，门内有一片破旧土房。

这前后，一位著名导演找我写个西安的谍战剧。我给出的大纲里，有多场戏就发生在白鹿原上。不幸，没多久导演故去。2013年省委看了我的大纲，将其评为陕西省重大文化精品工程，要我出书，我就依约写了小说。其中第六章《白鹿练兵》，讲主人公秦岭打入狄寨的土匪团，发展党员，抓军事的故事。2014年书出版后被称为"西安城史"小说，陕西故事广播录制并播出了有声书。次年，作品获"今古传奇"全国优秀小说奖。2021年，该剧本大纲发表在《中国作家》，剧本也入围全国剧本推优名单。

我作品涉及白鹿原的，还有《乌兰察布之恋》。是发生在草原上的凄美爱情，主人公最终伤心地回到白鹿原影视城，而她的情人追了过来。2019年2月，《思南文学选刊》弄了个AI文学榜，对2018年发表的771部短篇的前60名打分，我的小说排第五，莫言的列第二。

2014年初，我入职陕西旅游影视公司。公司还有俩牌子，白鹿原影视城、白鹿原影业，拍过大片《白鹿原》。

《白鹿原》电影斩获柏林国际电影节奖，但其放弃著名编剧芦苇的本子，专注讲田小娥的故事，沦为"一个女人的艳史"。影片投资1.42亿元，上映当日西安发生反日游行，票房受冲击，大亏；但其1.3亿左右的票房，至今仍是陕西主投电影的冠军。在司期间，我接触到这部片子的许多资料，有精装剧本，有近500元的精美画册，有6个小时的内部影片。这近400分钟的加长版，我陪不同客人看过多遍。

其时，白鹿原影视城已初具规模。土门内增加了民国风格的街道、戏楼和祠堂，还有个打麦场。已拍过电视剧《毛泽东三兄弟》《白鹿原》、电影《白鹿原》《老腔》等多部作品，我就参加过《白鹿原》电视剧的新闻发布会。陕旅集团投入好几个亿，还要继续斥资，忙着做影视基地二期。为配合项目建设，我们经常去基地，2015年12月一个阴冷的上午，我又去影视城，顺便探班《白鹿原》电视剧剧组。我与"白嘉轩"聊起来，张嘉译穿古装，个头和我差不多，说他老家在安康市上，还谈起童年往事。影视城巨资打造了特种影院，为此，我的工作内容之一是拍特种电影《黄河》《黄土高原》和《印象大关中》。

2016年4月末，陈忠实先生去世。先生哀荣齐天。古代文臣，皇帝给谥号后可收获哀荣；现代作家，只有鲁迅哀荣巨大；当代，唯先生耳。作为其小说电影版的出品方，我去省作协吊唁了先生。

同年6月，影视城进入开业倒计时，我被抽调。策划小剧场演义，拟议的项目有《蓝田勺勺客》《县衙判案》等。每天晚十点多才回家，到时父亲已在楼下焦急等候多时。工作需要，我开始细读《白鹿原》。

可惜，刚读到几十页，父亲过世了。11月，我重回曲江影视。巧的是，公司正是剧版《白鹿原》的备案方和出品方之一，还在与央视合作，拍纪录片《蓝田白鹿魂》。

我参与了剧的审片工作，这个剧成为2017年的"剧王"之一，可惜网络给了乐视，收益受损。

2017年国庆节前，我还受邀去白鹿原上的"滋兰讲堂"，给大学生和他们的老师们做剧本创作讲座。

2018年11月初，承蒙陕师大新传院厚爱，为我《丝路情缘》有声书举办了隆重开播式。北京燕山出版社朱菁主任专程从京赶来参加活动。间隙，我带她去逛白鹿原影视城，照片里竟有蛇影。我将照片发给绍兴文理学院懂风水的郦教授，他说是"过境"呢。我们被弄糊涂。

咦，白鹿原很神吧，真是说不尽的白鹿原。

本文2022年9月9日改定于西安兴庆轩，首发于2022年11月11日《北京青年报》第A10版。同年11月15日被《陕西工人报》秦风副刊转发。

床子面

庆阳饮食养活一代代庆阳人长大，滋养一代又一代庆阳人走出黄土大塬，去拼事业、打江山、闯天下。

几年前，我们家饭吃不到一起，坚持了十多年的每个周六的床子面快要中断。反对方势单力薄，全家五口，只有我那上幼儿园的小不点小儿子强烈反对，以"不吃"相威胁，还用地道的宁州话出言不逊："谁吃庆阳的烂床子面呀，难吃死了！"

听听，多伤人！怎能这么去说庆阳床子面？它是庆阳人的最爱、我们家宴第一餐，在家人心中，地位比西安的羊肉泡馍还高。不，羊肉泡馍咋能比得上家乡的床子面？十五年前的那个初秋，我从宁县教师岗位辞职，彻底脱离了春种、夏碾、秋收、冬藏的农事活动，去兰大读研究生。读书闲暇时，经常与一众庆阳老乡在东方红广场周围或农民巷子里寻吃庆阳饸饹面。一边吃，一边用宁县话谝谝干传、叙叙旧，家乡风俗、少年趣闻、过往绯闻在充满夸张的调侃中被重温，同学情谊骤然升华，其情形氛围意趣、朋友们微醺的诸多细节，至今犹记。毕业后到了西安，父母带着八岁的大儿子与我一起。西安距庆阳不远，今年高铁一通一小时可达，但已出了省，很少有甘肃的饸饹面，更不要说庆阳床子面了。诚然，同为农业文明的腹地，古城也不乏所谓的"饸饹面"，但却每每细若花线，全没了庆阳床子面的粗粝、大气、豪放和重口味儿，不觉让人食欲顿消，直呼"不是咱的菜"。还好，家里有床子面对付。每周六全家齐聚，自做自吃，人人甘之如饴，生活的烦忧在口腹之欲的满足中得以纾解。此后，妻子——从未见过庆阳床子面的西安女娃，被我们同化，很快爱上了咱这面；也做得一手好床子面，即便偶尔周末剩我一个，她也压床子面吃。这好理解，关陇文化同根同源，气脉相通，关中人也是面肚子么。独独我们这地道的西安娃——小儿子不待见老子的庆阳美食。不快之余，我在想，这算不算文化传承的中断呢！算不算不肖呢？

其实，要说小儿子不肖，那是冤枉娃。

父亲去世的前八九年时间里，我很少回老家，都是父母回家；到后来，父母也不回了——已不习惯老家的旱厕和生活习惯，有事儿时妻子回去一办当天便返回。小儿子出生后，一直无端地对农村抱有浓厚兴趣，而莫名地讨厌城市，这使身在钢箍水泥森林里的我颇感慰藉。一次，大概他四五岁，暑假快到时我父母要回老家，他想跟着回农村，问他妈回不，他妈不回，他竟然自作主张跟着爷爷奶奶回宁县了。要知道，这是个"燃娃"，之前从未离开他妈哪怕是一天，一直黏他妈。不知他那几天在老家怎么玩的，反正没听说哭闹，可见爱庆阳他也是真爱。过了几天，妻子专门回去把他带回西安。这件事，让我心有戚戚良久，觉得娃有说不清道不明的灵性和良心，知道他是庆阳之后。也是，陕西人的祖先本就是甘肃人。可现在，就是这样一个对庆阳乡土有天然感情的小朋友，开始气咻咻反对全家人都爱吃的庆阳床子面。我们虽觉闹心，但也不得不考虑他感受。于是乎，家里礼拜六中午要做两种饭，除了床子面，就是他点的饭。当然，我们也不甘心，时不时培养一下他对家乡床子面的爱好；每每这时，他都情绪激动，无比嫌恶地浅尝辄止，或者直接将碗推一边。

　　不知不觉几年过去，又到了某个周六，小儿子突然画风急转，嚷着要吃曾经嫌弃的床子面，而且胃口爆棚，是中午吃了晚上还吃。全家喜不自胜，都夸娃是好娃。当大家问他为啥突然爱上床子面时，他很不耐烦，并没有给出圆满解释。好生纳闷之余，我窃喜，庆阳美食流传久远，无虞矣。

　　十里不同风，庆阳床子面，与庆阳的臊子面、燃面、炒面、油饼油膏麻花、焖饭、菜疙瘩、搅团、两米子、暖锅子、锅盔、麻食子、骨角（搓搓）、凉粉（鱼）、面皮等吃食一样，是庆阳人的生活仪式，是他们生生不息的表征。庆阳饮食养活一代代庆阳人长大，滋养一代又一代庆阳人走出黄土大塬，去拼事业、打江山、闯天下。庆阳人周老王鞠陶、周部落的杰出首领公刘及其后继，曾在庆城、宁县发展和积蓄力量数百年，从不窋到古公亶父传12代王，其中在宁县庙咀坪的公刘邑传10代王，为后辈开创中国史上最长、长达791年的礼乐文明时代——周王朝，奠定了基础。《诗经·雅》里的五篇"周民族史诗"对此有完备记叙：《生民》讲周始祖后稷的灵异与功绩，《公刘》讲公刘率部族迁到公刘邑，就是今天甘肃宁县庙咀坪；《绵》讲公刘的后代古公亶父迁国开基、驱逐混夷；《皇矣》《大明》里热情赞扬周文王、武王父子的创业史。五首诗连起来，完整勾画了一部宏伟壮阔的庆阳人、也是周民族的兴盛史。

作为农业文明的见证，庆阳的面食颇具代表性。以我有限经见，庆阳吃食比周边陕西、山西、宁夏的吃食更细腻、劲道、美味、讲究。庆阳饮食能够生活化地流传并发展，得益于心灵手巧的庆阳女人，是她们，把面食做到世界顶尖水平。我以为，世界上没有女人比庆阳女人更能行的，庆阳女人要茶饭有茶饭，要针线有针线，要长相有长相——周祖古里的庆阳饭和庆阳女人，是农业文明的灿烂花朵，被一个个陇东女人流传至今。秦统一六国过程中，不仅耐饿便利的炒面、锅盔起了巨大作用，而且北地不惧死的勇武兵源、优良战马及其充足粮草，亦起了铁血般的强力支撑。延安13年的抗日战争和解放战争期间，陇东粮仓更是发挥了独特作用，永远彪炳史册。目前，解决了温饱的庆阳人民响应国家号召，流转土地种植苹果。世界上黄土层最厚的沃土出产的庆阳苹果，风味极其独特，尤其是太阳圣火的苹果，是我平生吃过的最好水果。不消说，庆阳苹果已成为庆阳农业文明的新佐证。

庆阳面食里，床子面蔚为大观。床子面之床子，起初是在木床板上安装不锈钢缸筒做成的简易压面机械，极大提高做饭效率。过去用木床子压面，具有极强的仪式化特征，尤其在陇东人的红白喜事上，异常流行。我的长篇《蓝裤子红上衣》里，这么描述昔日农村白事上的压面场景：

人声鼎沸。从筒子口顺风贯来的空气里，弥散着香火味儿、柴火味儿和新鲜的羊肉味道，大家正挤到地坑院子里大吃钟父的"面目汤"——其所以叫"吃汤"而不叫"喝汤"，是因为埋人回来吃的这"汤"，是羊肉床子面。此时，木床子被高高地支在牲口窑门口临时搭起来的大口锅锅台上，村里的床子面把式姚德祥脚踩锅台、屁股正经八百地坐在红色锃亮的梨木床子把上，正努力使出全身力气朝下压去，陇东荞面床子面面条接连不断地发出欢快的"哔啵"声，从床缸的底部小孔里踊跃而出，奋勇跳入大锅里滚烫的面汤中去。管锅的婆娘——一个三十七八岁叫灵娥的陇东女人，与烧火的、切肉切豆腐萝卜丁放葱花的、舀汤浇汤的几个先后紧密配合，待姚德祥压过三床子撇掉笨重的大木床子后，她便只将木锅盖往锅上一扣，瞬时锅就煎了，白气裹挟着热力将木锅盖掀起老高，不移时一锅的床子面即已熟透，可以及时出锅了。灵娥麻利地放下锅盖，一手抓起竹笊篱、一手捉住筷子，两手配合着用力朝锅底一捞，一大团泛着热气、褐色泛亮的荞面床子面便被扭结着打入笊篱，又稳稳地放入一个凉水盆内，这叫"捞面""冰面"。后者是把出锅的热面用冷水透凉，这样的面浇上放了肉丁、豆丁、葱花、萝卜、油辣子的羊汤后，不仅面褐汤红味儿纯，而且吃起来劲道爽口、沁人心脾。自然，大千世界百人百爱，也有吃"连锅子"的，那是直接将热面放入碗里，再浇上羊汤吃的。肚子不好的人一般就吃连锅子面。

从第一锅床子面出锅开始，整个吃"面目汤"的"生产线"便疾速运转起来，表面上则是"掌盘的"用右手三个指头端着放有八个满碗床子面的木盘子不时穿梭于锅头子和席口之间。自然，"掌盘的"非孔武有力者难以胜任……

陇东老人教导晚辈常云：黄是米做的。意为，盘中餐皆辛苦换来。不错的，做床子面的面粉来自小麦，都是农民汗水的结晶。关于早先少年时陇东收麦的辛苦情状，我的长篇《永失我爱》里有一些文字，常引发论者悯农感慨。

陇东人将收麦碾场叫作场活，农业机械化后，老式的传统场活现已基本绝迹。今人要怀旧，后人要忆古，可去读我的散文《陇东场活》。

本文2020年6月8日完成初稿，2024年3月18日于西安常春藤花园改定。

第七辑

有所思

　　嗟叹之余，我们唯有敬畏生命，唯有珍惜生命，唯有呵护生命。

　　或许，遇见路遥就是遇见最好的我，但我终没遇到他，却想遇到更好的自己。

呵护生命

平常人平常心，幸福生活，从心
开始。

悲哉，秋之为气也！可秋来夏去，花谢果香，乃自然
铁律，不可违逆。遗憾者，人生较之季节和花木，似更其
残酷——人生一世仅如草生一秋耳，青春小鸟儿一去不复
返，令人空生嗟叹。

嗟叹之余，我们唯有敬畏生命，唯有珍惜生命，唯有
呵护生命。

呵护生命，理由多多。生命不惟在我，它本源于父
母，生命不惟属我，同时也属于所有关心、呵护、钟爱、
依靠、寄希望于我们的人。因之，我们不仅仅要为自己坚
强地活着，更应该为父母、为子女、为爱我们的人努力地
活着。千万莫要蹉跎到生命临终、人去楼空时，才去懊
悔、惋惜、伤悲。生命不惟在今，而且延续着昨日、寄望
着未来、预示着恒久。人生在世，事业为重，一息尚存，
绝不松劲。生命不唯因我，也着着实实因为上一代和下一
代。长江后浪推前浪，世上今人胜古人，可是，一代一

代的新人都需要养育和呵护，这使得我们真真正正懂得了"吾身之可贵"的含义。

呵护生命、珍爱生命，自呵护五尺之躯始。"体者，载知识之车而寓道德之舍也。"身体乃做事之物质基础和根本。遗憾的是，人生如逆旅，不如意者十之八九，种种烦恼、摧折、苦痛在生命旅途中等着我们，折磨、侵蚀着我们的身心，淡漠和钝化着我们对生命的兴味。生命既短暂又坎坷、既荣幸又无奈、既富裕又贫穷、既辉煌又落魄、既坚强又脆弱、既开心又难过、既快乐又失落、既亮丽又黯然、既善良又狠心、既热情又冷漠、既神奇又平淡、既美好又苦涩、既博爱又妒忌、既正直又小气、既获取又失去……人生的二律背反、种种纠结，消耗着我们五尺之躯的真元，需要我们倍加呵护、善自调养。

呵护生命，请呵护吾心。平常人平常心，幸福生活，从心开始。然而，现代人无论贫贱富贵，都贵恙多多，需要时刻懂得人生的七味心药：心善，心宽，心正，心静，心怡，心安，心诚。乐善好施，宽大为怀，正大光明，静心如水，怡然自得，安常处顺，诚心诚意；如此，方可体察人生真意，医治自己的"百病"，从而精神焕发、光彩照人，晏如也！

呵护生命，犹须呵护"童心""赤子心"。多年前的一个晚上，一位年轻妈妈正在厨房里洗碗，她的小儿子独自在洒满月光的后院玩耍，不断弄出声音来。妈妈问他干什么，儿子大声回答："妈妈，我想要跳到月球上去！"这位母亲没有责怪儿子贪玩乱想、不好好学习，而是说："好啊！不过，一定要记得回来呀宝贝！"1969年7月16日，这个长大后的小孩真的"跳"到月球上去了。不说大家都知道，他就是美国宇航员尼尔·奥尔登·阿姆斯特朗。

　　本文写于2011年11月16日，改定于2021年8月27日，首发于2021年9月3日《西安日报》西岳副刊，被多家报纸转载，深受读者喜爱。

用小说为人民群众立传

同一切优秀的小说一样，《西京故事》带给我们的不是故事的单一，而是生活本身的丰富、鲜活和纠结。

陈彦的长篇小说《西京故事》令人感动，更使我无比欣喜。作家以"先天下之忧而忧，后天下之乐而乐"的圣贤情怀为基础，以马克思主义文艺理论为指导，遵循小说典型化创作规律，向读者奉献了富有人民性的高质量作品——长篇小说《西京故事》。

小说《西京故事》的人民性集中体现为："为普通人立传"的创作主旨、为失语状态的底层群体代言的写作姿态，"温柔敦厚+诗意栖居"的人民性审美诗学，家国情怀和普世关怀兼具的人民梦想。

首先，小说《西京故事》令人印象深刻的是：作家以人民性为先的创作初衷，与人民群众保持血肉联系的创作理念。由于戏剧《西京故事》创作过程中作家生活储备的丰厚和创作灵感的一发而不可收，陈彦进而将《西京故事》"侍弄"为长篇小说。于是，由塔云山来到文庙村的罗天福的西京故事，有了小说文本。这个文本聚焦当下中国人民实现中国梦过程中"一嘟噜一嘟噜的家庭与社会难题"。尽管这些难题——贫富两极分化、城乡二元结构、现代与传统冲突、物质与精神拒斥——都外化为具有先贤思想的罗天福等不为城市接纳、"优等生"罗甲成难以适应城市及大学文化氛围以及两代人剑拔弩张的"父子战争"，但很明显，无论是小说世界还是我们的现实世界，都面临着一个无法解决的难题：人与城的双重救赎。而在解决这些难题时，作者的倾向性如此鲜明：以人民性终裁一切。

作家始终与人民保持血肉联系，这种关系不仅成就了小说《西京故事》，而且使小说成为作家人民性的最好注脚。西京故事根植于生活，在类似于塔云山、文艺路、木塔寨、文庙村等中的劳动人民，自觉从这些人的生活、生命中汲取题材、主题、情节及其他艺术营养，将这些人的生存状态、思想情趣、文化心理形神兼备地写进小说，以他们创造历史的精神观照小说世界，用他们的典型——罗天福进城打饼供养两个读重点大学的孩子完成学业的感人故事，服务于当下的"个人梦、西京梦、中国梦"。罗天福、童教授、东方雨等艺术形象，也成为小说对现实发言的代表。

《西京故事》以人民性为先还表现为，寄"怜悯和同情"于底层人民，不惜为其"一掬同情之泪"。陈彦作品以人民性为第一考虑、为人民"代言"、为草根鼓与呼，毫不掩饰自己对权力寻租、社会诚信缺失的焦虑及对社会弱者如赵玉茹、"山寨虎妞"等的深切同情，这种"人民性"的

"在场"实在难能可贵。

值得一提的是，《西京故事》的人民性，是通过人物形象的成功塑造实现的。故事中罗甲成是离开山村土地但却难以融入城市生活的"农二代"，他既继承《平凡的世界》里孙少平的冲破传统、争取翻身的改革一代农民子女的锐意进取精神，又浸染当今"农二代"的软弱、彷徨和无奈，有着鲜明的时代印记。作家对此的刻画细致传神、入木三分。

其次，小说《西京故事》令人印象深刻的是：作家陈彦作品文本世界中"温柔敦厚+诗意栖居"的人民诗学理想。《西京故事》整部小说始于塔云山终于塔云山，呈回环式封闭结构。叙事上，第三人称零度叙事，不愠不火，自成一格。人物设置上，以进城打饼过活的罗家为中心，向外自然辐射到罗家房东西门锁一家及文庙村各色人等，延伸到罗家子女读书的大学。小说专注于对底层人民的精细铺陈，不但没有减弱小说的艺术力量，反而更为人民群众喜闻乐见。文字上，沉稳绵密的叙事语言和关中地域色彩浓郁的人物语言交相辉映，形成不显山不露水的老到文笔，但又时有胜景，堆叠成整部作品令人难以逾越和叹为观止的文本景观。表现手法上，劝百讽一，不仅"优等生"罗甲成反叛出走后获得精神重生、好女人赵玉茹让西门锁追悔莫及，而且租房婆郑阳娇、"问题少年"金锁、"富二代""官二代"们也各个获得人们原谅；凡此，国人温柔敦厚的审美理想对作家创作的深刻影响处处可见。

同一切优秀的小说一样，《西京故事》带给我们的不是故事的单一，而是生活本身的丰富、鲜活和纠结。

本文发表于2021年7月16日的《西安日报》阅读和思考版，曾上千次被全国二十几个省、市、自治区的高考模拟试卷使用，且多为高三压轴题。

扫码获取
- 作者访谈实录
- 散文鉴赏点津
- 考场真题链接
- 创意写作启迪

遇见路遥

回想这第一次邂逅，真是唐突、大胆而真情满满。

我和路遥从未谋面，却至少有过四五次交集。

20世纪90年代，我师范毕业在农村教书。为提高学历，报了汉语言文学专业的自考，经三次考试通过了专科段课程，拿到文凭；县自考办负责人说我是考得最快的。专科拿到后正赶上工资套改，我工资由140多涨到399元，超过了中年同事的工资。于是我一路狂奔，继续奋斗本科。

当时遇到难题，买不到教材。外国文学史我是用借来的习题集复习考过，中国文学史则硬啃从西安图书批发市场买到的旧书《中国现当代文学词典》勉强过的，语言学概论因无书而未通过。事后发现，即使有书，也相当抽象；真是"从无字句处读书"啊。尽管如此，我还是按时完成了本科学业。

毕业论文，我与路遥不期而遇，题目《路遥创作的传统文化心理》。之前只知他是个作家，写过小说《人生》

165

和《平凡的世界》，获奖并拍了影视剧，但从没看过。抽题后，我就买来《路遥文集》反复读。作品烂熟于心，也强烈感受到传统文化对他的熏陶，却不知啥叫"传统文化心理"。不怕笑话，这个概念我是查字典后，这么下的："所谓传统文化心理，是由于世代相传而历史地形成的，具有一定民族、地域特征的，人们在认识自然、社会及自身过程中的思想、感情等倾向。它集中表现为人们在历史与现状、现实与理想上的观念和对待社会家庭、婚姻爱情等的态度。"论文接着梳理了其形态及对作家作品的影响，进而集中分析它对路遥创作的五方面影响：民族根在农村的思想；重传统、重承继；人文主义的闪光，尚善的创作态度；"漫柔敦厚"的审美态度，含而不露的创作情趣；民族形式的运用。

回想这第一次邂逅，真是唐突、大胆而真情满满。我用八千字文章与路遥神交，顺利拿到文凭。县文化馆馆长读后，断言我不会久居人下。

此后我复习考研，但县上不许。出于无聊和一些感触，2000年我写了60万言的处女作《永失我爱》。没承想，这成为我与路遥的第二次相遇。

书2016年出版，有人认为有路遥风。我不崇拜偶像，但两位学者认为某些地方超过了《平凡的世界》，让我汗颜。山东的王美雨教授于2016年元月4日《辽宁日报》阅读版"荐书"栏指出："就社会学价值而言，《永失我爱》超出了《平凡的世界》。"广东某硕士写了3000字文章，称我的书在题材语言和风格上直追路遥，但主题思想的深刻和清醒超过了他，"写出了路遥笔下没有触及的生命状态……其在文学史上的地位和价值，值得发掘。"南京的杨俊教授读了七遍书，撰长文《一出心灵无处安放的悲歌》，指出书中有234个人物5组关系，并说："我仔细衡量，这部作品恰恰从《倪焕之》中走来，踏着鲁迅、郭沫若、茅盾、巴金、老舍、曹禺和叶圣陶诸位先贤的文学乡土之路走过来，直逼路遥的《平凡的世界》，体现了文学创作的传承性与创新性。"

我想说，这三位老师我都不认识，前两位至今未见。之后杨老师出差，我们在大雁塔相逢，吃了顿简餐。

2019年，我与路遥有两次际遇。

五一延安游，紧张行程里，我腾出一下午去延大看路遥。大雨如注，封锁着校园和山城，也锁住了我的脚步。我们在山脚转悠，望山兴叹，最终选择吃饭，等雨。小饭馆泥水漫漶，女老板指着屋顶说：墓就在上面，很近。

近，却不可及，人生有多少这样的事呀。妻儿催我走，他们下午才知路遥，没法崇拜。好在天知我意，雨终于歇了。我们犯险登山，采摘山花。顺着红砖路攀登，先见"文汇山"仨字，再往上，来到一百多平的砖铺平台。双层黑色基座上黑石框内矗立着下白上褐的墓碑，头像酷似路遥，我就献上花草，默哀致敬。但今天翻记录，颇难为情，我发现去的是布里几德·克阿的墓。呀，有机会我一定重新拜谒他！

那前后，我正做电影项目《路遥的世界》，陕北老板发起的。鉴于路遥人生经历、感情、创作的传奇性，我看好它，就带老板找李冯老师签了编剧合同，准备采风时融资。联系不到路遥女儿，我们又去清涧王家堡找他弟授权。在那个响晴的夏日午后，我瞻仰了路遥故居。但事情的困难在于，老板连第一笔编剧费都付不了，项目浅搁。时隔三年，我仍觉得那是个好项目，若"与有胆肝人共事"，必能大卖。

此外，我还受邀出席过电视剧《平凡的世界》研讨会。赎不赘述。

这就是我与路遥的几次"相遇"。或许这样的相遇还会再有，或许，遇见路遥就是遇见最好的我，但我终没遇到他，却想遇到更好的自己。

本文2022年8月29日改定于西安兴庆轩，首发于2022年11月16日《文化艺术报》龙首文苑副刊，同年被11月30日《苏州日报》沧浪副刊转发。

童真可贵

我望着窗外摆动的树枝，伤心的情绪如同潮水般涌进我的脑海，泪水像断了线的珠子从我的脸上滚落。

明代思想家李贽《童心说》有云："夫童心者，真心也；若以童心为不可，是以真心为不可也。夫童心者，绝假纯真，最初一念之本心也。"

如果没有小儿子，我对李宗师的话，将只停留在概念和思辨中，不会如此具体而微、受教良多。

小儿子出生在西安。从他出生前到我父亲去世的八九年里，由于父母随我在城，我没回过老家，自然，小儿子也没机会，但他却莫名地爱农村，莫名地讨厌城市，总想呆临潼农村的外婆家，还一直催着我想回老家巴原。他发自天然和无法解释的接地气，使身在钢箍水泥森林里的我莫名欣喜，也契合我思念故土的心。他打小身子弱，是个夜哭郎，很黏他妈，自小几乎没有离开过妈妈。但那年暑假，大约他三四岁时，我父母要回老家，临行前他突然要跟着回，问他妈回不，为不让他回，妻子很明确地说不回，他竟勇敢地自作主张，跟着爷爷奶奶回宁县了。全家人都看呆！也不知他那几天在老家怎么玩的，反正没听说哭闹，爱老家让他变成了小超人。这让我心有戚戚良久，觉得娃有说不清道不明的灵性和良心。时至今日，我眼前常常闪现出父亲带他在村头游逛，向村里人介绍小不点是谁的画面。多么难得的爷孙游乐图呀！

不久，父亲驾鹤西去。我们没经历过父亲所创建的家庭的减员，都莫名悲伤，小儿子更是经历了他有生以来的最惨痛事件。待全家的哀矜告一段落时，他却恢复了夜哭的习惯，我颇恼火，妻子告诉我："娃哭他爷呢，想咱爸啦。"我立时心旌辈动，潜然泪下。有天晚上，妻带他从外面回来，他小声哭着，说是在超市看到一个老爷爷的背影特别像爷爷。百善孝为先，小儿用童真教我们怎么做人。我时常急躁，对老人不好，他就会挺身而出，裁断分明。侄女在铜川结婚，全家都去，只有我在公干，晚上回来小儿哭闹不止，问之，伤心姐姐出嫁呢！我顿感大人们失却真心之可悲，更加对他刮目相看。

他喜爱鸟和宠物，去年我们给他买了对虎皮鹦鹉，可惜，一次长期外出回家，小生灵早饿死。三年级的他做了生平第二篇（第一篇是写给爷爷的，我没看到，这篇也是偷着摘录的）祭文：

终于能回家了，我怀着十分不安的心情急切地向家奔去。我很担心家里的鸟儿，14天过去了，不知它们在家好着吗？没人照顾它，它的食够吃吗？水够喝吗？

进门的那一刻，我的心碎了。只见鸟儿静静地躺在笼子里，食和水早已被吃光了。泪水不停地在我的眼里打转，我静静地走向窗台，不忍心去多看一眼。我望着窗外摆动的树枝，伤心的情绪如同潮水般涌进我的脑海，泪水像断了线的珠子从我的脸上滚落。我自责极了，都怪我没照顾好你，让你这么痛苦地离去……

为弥补，他三妈给买了一只花猫。他每天放学回来，顾不上洗手就与猫鼻息相凑着亲昵，猫和他都患有鼻炎，成为顽疾和隐忧，也不知是否与这个行为有关。

那年国庆我们去华东旅游，走在苏堤上，欣赏着西湖两边的浩渺水波，他随口道：一堤砍两湖。我大为讶异，以为句子有气势，又很恰切，不加斧凿的"砍"字极高妙。在上海南京路住了几日，离开时他落后面，我回头见他泪花莹莹，他对大上海生了眷恋。

前几年教他下棋，每每得手他都发自内心地纵声大笑，而输棋时就会成为小哭郎。他曾有几多狂想，甚至有吓我一跳的想法，并越来越用功，惜乎，随着他小鼻梁上架起近视镜、渐渐明白世事后，童真大减……我多么想让他在童年多待一阵子，哪怕一分钟、一秒钟。

啊，童心可贵，愿我们永葆童心，莫失本心。

本文写于2021年4月8日，首发于2021年4月21日《陕西日报》秦岭副刊，被多家报纸、媒体转发、传播。

回忆凌力先生

先生谈笑风生，对陕西的炽热感情
溢于言表。

昨天下午五点左右，于工作忙乱中，在手机上扫到一
个新闻标题——茅奖作家凌力逝世，心里顿时无比沉痛。
当时忙碌中，没有来得及细看，刚才半夜无眠，忽记起先
生已经永远离我们而去，不胜悲伤，与先生交往的点滴也
泛上心头。

我与先生仅有一面之缘。

2010年，我在西安交大出版社做畅销小说图书策划。
因小说《三十里铺》图书的首发式（也是电视剧开机仪
式），4月25日我赶赴北京的怀柔影视基地，26日参加活
动。活动后，我与凌力先生相约见面，目的是再版先生的
小说。俩人说定在27日上午10时见面，地点是她住的八一
电影制片厂门口的酒店一楼。27日九点多，她如约而至。
我至今还历历在目的是：她蹒跚地提着一个大包——事先
已经知道是她出版的小说——精神焕发地从西边而来，我
连忙走向前去，接过她手中的书。俩人这就认识了，说着

话朝东走到那家酒店。

我们在这家名头很大（事后从朋友们对这家酒店的评价获知）的酒店茶歇间喝茶叙谈。凌力先生饶有兴致地谈起自己出身。先生本名曾黎力，父母均为革命干部，父亲是中国共产党早期无线电事业的拓荒者，籍贯江西。她本人出生于延安，在陕西长大陕西读书，考上了西军电——西安军事电信工程学院，也就是现在的西安电子科技大学。从事导弹工程技术工作许多年后，调入中国人民大学清史研究所，成为著名历史小说家。长篇小说《少年天子》获第3届茅盾文学奖。由于我是陕西来的，她话匣子打开了，谈起少年经历，谈起西军电，谈起不久前他们同学在西安聚会，说他们去交大校园里徜徉过……先生谈笑风生，对陕西的炽热感情溢于言表。

话题自然涉及到我。她听了我的情况，很关心我现在的家庭，先生给我和我儿子都签名赠了书，给我儿子签的是她1984年8月出版的中篇小说《火炬在燃烧》，写的话大概是：巴苏小朋友学习进步。我也向先生赠了自己编辑的新书——兰一斐先生的《三十里铺》，她翻了一下，立即指出出版的瑕疵——由于出版科的疏忽，书的字体前后不一致。我也汗颜不已！这本书是赶制出来的，从签约到出版仅花了34天，出版科的老人失误，将这么触目的错误带到了书的最后呈现。

因她身体不好，前一天我们约定谈一个小时，可实际俩人谈了快两个小时。临别时，她提醒我给妻子和儿子带礼物，还在酒店大厅的礼品店亲自给我儿子选了一顶黑色遮阳帽作为礼物，上面印有导弹驱逐舰的鎏金图案。可见她对导弹驱逐舰的深爱！

令我惭愧的是，重版她七本书的计划，并未如愿进行。那个夏天，我们反复沟通，她宽慰我不必强求。由于有些书已是绝版孤本，她自己也只有一本，所以我按照见面时她叮嘱，把那些珍贵的书寄回给了她。此后，我离开了出版社，俩人联系就少了。

到了2013年，我重回影视圈，办公在八一厂，吃住也在，我自然想起了住在八一厂的凌力先生，一直惦记着联系她。而且，当时我已经签约、正在创作我的长篇小说《云横秦岭》，私下里想着合适时让先生做个推荐。心里有想法，却一直犹豫着。

这年夏天，编剧高佳妮来到我们公司，我把我的想法说给她，她也有探望凌力老师的愿望。于是，我们在八一厂门口的啤酒摊上给她打了电话，只说了问候和打算探望的意思。电话里，先生的声音有点颤，很激动我能打电话，同时遗憾地表示，自己瘫痪在床不方便，原话是："我这个情况，对你不礼貌。"我听完电话，心情异常复杂。一方面为先生身体担忧，另一方面叹服感怀于先生的悉心与理解尊重他人。

没有想到的是，这竟成了我与先生的最后通话。

现在，同先生的最后一次电话已经过去整整五年。先生终于离我们而去，在这清夜的凌晨，我只能遥寄哀思！先生做人写作的风范，永远铭记鞭策着我！先生对我的关心鼓励，没齿难忘！

愿先生千古！一路走好！

本文写定于2018年7月20日星期五凌晨5点12分，首发于2018年8月3日《文化艺术报》。

相亲路不熟

此间，衔接"事故"的故事，开始朝另一面走。

    喜剧电影《人生路不熟》讲述理工男的坎坷相亲故事，很另类，很走心，富于亲情和温情。故事由未来丈人的偏见而起，采用夸张、误会、反讽、戏谑手法，也不乏商业包装，笑点多多，泪点也不少，是近年来较有质量的、叫座又叫好的国产喜剧片。

    片首，马丽扮演的准岳母霍梅梅出镜在车副驾座位上，但故事着意渲染的是，驾驶座上"只闻其声，不见其人"的准岳父对厨艺和颜值都上佳的女儿男友的各种嫌弃、百般不待见。这是咱寻常百姓的故事，充满人间烟火和世俗味道，代入感极强。

    被嫌弃的准女婿万一帆，是位理工男，在一家实力不俗的游戏公司做开发工程师。于高压的工作环境和繁难的工作任务当中，他抽得假期的几日闲，要去相亲，然而，来了紧急任务，需要加班。为爱情所迷惑，他偷跑出了公司，并让要好的同事帮他对付着老板。

　　然而，犯禁冒险踏上的这条相亲路，注定是"不熟"的，困难的，甚或是充满艰难险阻的。困难千万条，准岳父不待见是第一条。——这是矛盾冲突的缘起，是戏剧的总关目，是故事的核心。影片善于从叙事、情节、情绪、台词、动作、画风、音乐、氛围、风格上，去强化这个"不待见"，以展开冲突、做戏、解核，娱乐观众。

　　误会，是喜剧故事的最大法宝，也是本片亮点。在这场有笑有泪的另类相亲旅程上，由范丞丞饰演的万一帆被设定为天然的、富于正义感的"倒霉蛋"。为讨得准岳父欢心，他竭尽全力、打起精神、挖空心思地做着各种努力——带高价烟、为其护驾、大献厨艺、给其导航、充酒桌英雄、善意隐瞒打工仔身份……可惜，他的精心设计因处处暴雷而步步惊心：高价烟因为助人为乐而无意中被调换成了婴儿尿不湿——虽然这极符合他见义勇为的人设，他和女友的初识，就因公交车上的不畏强暴、见义勇为而促成——但，在准岳父周东海（乔杉饰）眼里，那是对他的"大不敬"、极大侮辱；好心护驾，则变成了暴打泰山并将其打入冰库封存的闹剧，差点出人命，被视为严重的"无事献殷勤非贼即盗"；在房车里面献厨艺，更是烧了房车，致使房车栽入湖里直接报废，出大糗，却歪打正着报了准岳父对昔日上司、宿敌的心头之恨……

　　如此倒霉，使得观众看到再出现万一帆献殷勤的桥段时，都要条件反射般地替这个"倒霉蛋"捏上一把汗。果然。接下来的献殷勤未遂和倒霉的损毁程度，呈螺旋式上升之趋势。最让人意外的是，当万一帆使出他理工男技术强的看家本领时，竟也依然如故地翻车了，这次是真的翻车了——经过剧烈颠簸、一阵黑屏后，车烂到沟里、爆了胎，俩人双双泥猪般示人。好在，女友的昔日邻居和执着追求者适时出现，上演了"英雄救美救泰山"的戏码，也自然导入光总设宴夸富、小万充酒英雄、醉酒出大丑并严重侮辱准岳父的事故来。

此间，衔接"事故"的故事，开始朝另一面走。准岳父查清万一帆底细，断定其人品有问题，直接踢了他，也与女儿闹翻。与此同时，万一帆也惹上了"油耗子"，并与公司闹翻，愤然揭露职场弊端，果断辞职。至此，矛盾达到第二个高潮。

万一帆失意之间，茫然流浪，撞上了"油耗子"窝点，并救回小狗、偷拍视频以为证据，被"油耗子"追杀。为保住证据，他打电话给准岳父求救，准岳父驾驶光总豪车，孤身救险。于是，追车大战和影史上史无前例的卡车堵截的惊险场面出现在银幕上。此为本片一大独创和亮点，为影片商业上的成功增色不少。

影片成功的另外要素是，情理之中意料之外的夸张情节的设计。如为献殷勤而将准岳父封到了冰库、等到拉出时人身子和冻猪肉粘连一起，万一帆醉酒后竟跑到猪圈与猪对话、说准岳父的坏话，万一帆献厨艺而失火，最后万一帆和准岳父面临油耗子堵截，他充分发挥理工男精于技术的特长，利用动力、惯性、风速、角度等形成"合力"，精准地将车从几十米高空妥妥地降落在绿色草坪，令准岳父大为激赏。至此，情节回转，第三个高潮来临，万一帆相亲终获成功。当然，辞职后的他，创业也成功了，接下来步入婚礼殿堂，皆大欢喜。

另外，反讽、戏谑等手法的灵活运用，如贾主任和光总的炫富和幽默，将现实生活中玲珑八面人物的脸谱精准锚定，猪肉和人身体的粘连、与猪说醉话的搞笑，马丽暴揍油耗子的台词，等等，堪为精妙反讽、高级戏谑，令人叫绝；插曲《红蜻蜓》等的适时烘托，催泪效果良好，令人倍感温情；台词里的金句，则起到画龙点睛、突出主题的效果和"笑果"，如小万的"对的，永远是对的"，周东海的"如果有一天，你不喜欢她了、不爱她了，请不要伤害她"等，都令人感受深刻。

惜乎，影片的闪回太多，即便是片头几分钟也夹了闪回，婚礼现场父亲讲话的那瞬，也搞闪回，令人觉得画面和情绪都被切割，此为瑕疵。最后，插曲除了《红蜻蜓》妥帖而外，其余效果一般。

本文2023年5月14日改定于西安兴庆轩。

周祖故里话年俗

集上人山人海、摩肩接踵，开出了人的蘑菇、人的花团、人的海洋，你会由衷感叹：人是多么兴旺发达呀！

周祖故里的年俗，是有些说头的。

一担上腊月，这块宝鸡咸阳之北、庆阳平凉之南的农耕、礼乐文明核心区，就早已北风呼啸，滴水成冰。脚下的土地冻成了二尺多深的巨大铁毯，三六九下雪，晴天比雪天还冷，人和动物嘴里喷出白雾，鼻孔眉毛挂着冰花，许多人手脚耳朵冻得生了疙瘩，并且溃烂。

可，天冷人心热。

外天人①打工归来，阔别的夫妻、家人团聚，乐享天伦，院里院外充满笑声。屋里人整天推磨、发面、蒸煮炸煎，忙办年。烟囱里冒着袅袅炊烟，村庄里飘着阵阵香味儿。小孩儿丢掉书本和头上的紧箍咒，呼朋引伴，这家看杀猪，那家瞧蒸馍，东头围观做豆腐，西头趸摸捏馃子，拿铁链子不断响连天地放着，嘴里还叼着个油乎乎的猪尿

---

①甘肃方言，指丈夫、男人。

泡。腊月嫁娶多，抬埋老人三年事，也赶着趟儿。墙根上晒暖暖的，悠闲地端详行门户走亲戚的路人，突然间发现了自家亲戚或熟人：他们穿戴一新，正络绎不绝地走在布满炮仗碎末的村道上……

诸神乐享、众人忙碌中，第一个年节腊八如约而至。在包括北豳和南豳在内的豳地，腊八很重要，有着新奇的仪式和满满的获得感。周，是创礼制乐的王朝，为中华文明做出原创性贡献，几千年来，深刻影响着国人的衣食住行。历史发展到人机交互的今朝，较之元宇宙、村超，农耕和礼乐差不多成了保守的代名词，可正因如此，古风犹存的豳地，恰恰成为考察年俗文化的标本。周祖故里的腊八，讲究冻腊八坨儿、吃腊八面，分别在头一天晚、腊八早。腊八坨儿是一种用麻线提在手里的碗状冰棍，由红萝卜花和红糖水在碗里彻夜冷冻而成，冰甜爽口，不亚于任何冰激凌；腊八面是红白萝卜豆腐肉臊子汤面，亦人间至味，在我看来，岐山臊子面要算作是它的曾曾曾孙子辈儿了。此二咬哑①，是周先民杰出的创造。

虽说"过了腊八就是年"，但毕竟离年三十还远。好在，回到老家即是年，年前好事多，天天过年。如果说过年是部交响乐，那么，是腊八拉开了年的序曲，而杀年菜则为年持续暖场。杀鸡宰羊屠牛者有之，而以杀年猪者居多。

_____

① 西北地区方言，指食物、吃食。

早在腊月初，第一波年猪就被杀。这叫腊八菜，能卖上价。一般中午一点前就要把猪杀倒，一点后杀，肉赶晚上七点还煮不熟，杀猪的便顾不上吃你家菜——杀猪不取酬，只尝几口肉——周人民风之醇厚，于斯可见。

年猪是农历四月的猪娃，经屋里人八个月的精心饲养，无虑乎可宰百斤菜。前一天要断食，既减少脏污，又不舍肉。村里就一个杀猪手，平时得罪谁也不敢得罪此夫，须提前约。你家若当天第一个杀猪，他会提着放有杀猪刀、朱砂和几簇猪毛的笼，口冒白气，天麻麻亮时赶到，好饭、好茶、好言语招待。当然，得提前烧好几大锅开水，备好大瓮，支好木板或门扇，搭好木架。主客谈笑风生，杀猪手一通狼吞虎咽后，即撂下饭碗茶杯，匆匆下炕穿鞋出，猫腰抄起杀猪刀。一家大小和帮忙的齐上阵，提着猪尾巴猪耳朵，将猪拖出猪圈，朝床板跟前移动。猪预感到自己献祭的命，始而哼哼唧唧，继而，因抵不住死亡恐惧，便"杀猪般"嚎叫起来；但终被压在床板上，头闪到半空，嘴也被麻绳绑紧。见猪被死死压住、丝毫动弹不得，杀猪的操刀上前，在猪脖子上磨蹭几下，瞅准拿稳，猛地发力从猪脖颈插入，朝猪胸、心戳去，猪发出悲悯嘶鸣，淌出黄尿来；杀猪的刀口缓缓推拉轮转，红飘带般的猪血就热腾腾喷出，溅进荞面盆。血的多少，是检验成败的标准，过猛，猪猝死后血很快断流，荞面浇不透，灌肠的猪血就不够，杀猪手便要发脸红。据说，此时的猪血可以防冻疮，有人便接着热猪血洗手。而父亲不止一次地说，做熟的猪血灌肠可以洗尘、清理人肠内的污物。这当是确语，因为父亲年轻时在兰州阿干镇煤矿干过。

猪杀倒，帮忙的就坠着猪后腿上的滑子绳，上下活动着在开水瓮里烫。死猪不怕开水烫，此之谓也。前身烫好，掉头烫后半截，边烫边用朱砂褪猪毛猪鬃和垢痂。褪尽，便将白突突肥嘟嘟冒着热气的猪，倒吊上木架，杀猪的沿中线开膛，先将盲肠头用麻绑紧，防止污物扩散；再将猪肠、内脏逐个弄出。帮忙的开始借着厕所里的干土翻铰成截儿的肠子，一时臭气冲天，熏得人恨不得躲八十米远，成群的野狗闻味儿赶来，眼盯猎物丢丢地歪头斜跑，觊觎着某块废肉。小孩子家却凑得更近了，目不转睛地盯着猪尿泡；终于，幸运的一个拿到那宝物，倒掉残尿，打上气，在干土或雪堆上抹去油污……一个玩具猪尿泡就成了。这是农村人的自制气球，是世界上最灌注生命的玩具。

杀猪手把猪头、尾巴剁下，将尾巴含在已经放在盘子里的猪嘴中，猪头猪尾便被主家毕恭毕敬端进灶火。大人们说，猪尾巴可以防治流涎水，是涎水娃娃的专有。此时，杀猪手的工作马上结束，当他用利斧把猪肉自脊椎一劈为二时，即被久等在身旁的、提了杀猪笼的下一家掌柜的急急请走——赶午饭他要宰七八头猪。直到晚上，主人家整天都在忙活剁肉、煮肉、烧猪头，一边议论着谁家的肉是几指膘、能卖个啥价。这是莫大光荣，要知，许多人既看不起猪又无钱买肉，逾近年关逾是如霜打了般难挨。

小时候有一年，我家没杀猪，看着左邻右舍杀猪吃肉，我们弟兄几个趴在炕沿哭泣。是呀，那时生活苦，常年不见荤腥，只等过年。古书中的"肉食者""何不食肉糜"，从正反两方面说明了这点。但再不济，过年也要杀个鸡打打牙祭，也提提精神。大肉，除作祭品、自家吃、送亲朋外，还可卖钱，赚回年货、新衣和大半年零用，也赚来个欢欢喜喜吉庆年。

更多的人，在十几二十杀猪，赶集卖肉。极少有二十后杀的，这失了待价而沽的时机，甚至赶不上供奉小年；再者，立春后，肉不好储存还掉斤两。当然，也有因迟杀，在二十八九被高价抢购的，这无疑是过年的喜事。吃肉过年，喜事连连。不惟尽人事，亦是听天命。民以食为天，周人最是懂得此间关节。

不觉，小年赶在年的一礼拜前到来。要送灶神，贴"上天言好事 回宫降吉祥"的对子，还要上香磕头、献祭品。虽都在小孩儿兴趣之外，但事关重大，日子再难都不能倒灶。小不点关心的，是与吃有关的，正紧锣密鼓进行着的蒸馍、做豆腐、炸油饼、发燃面、捏燃面、捏馃子等活计。全是一年吃不到的白面馍、各种各样的包子、甜品，还要点上红点儿、摆到供桌上、送给亲戚家，要够吃到正月出头，直至发霉了去晒馍片。

赶集也是年的精彩乐章。腊月二十七八和正月十五前的集，走得动的，都去。这是一年中少有的偷欢。广袤的黄土高原，绵延几千里的路上，人群川流不息，织成蔚为壮观的长龙。集上人山人海、摩肩接踵，开出了人的蘑菇、人的花团、人的海洋，你会由衷感叹：人是多么兴旺发达呀！买了炮仗烟花、灯笼蜡烛、核桃枣、花生糖等自家不出产的年货，喜滋滋返回。很累很饿，但很快活。

过事吃席或夹馍吃，是年的馈赠。玩疯的孩子，有了卡路里，更加欢腾雀跃、声震天宇。围着火堆听响客吹唢呐，是半大孩子的娱乐。院子里酒肉飘香、烟火欢笑，人影散乱，诙谐欢悦、激越亢奋的高原唢呐，如泣如诉，奏出生的欢趣、死的哀痛，几十年后犹在耳畔。周乐的魅力可见一斑。

天增岁月人增寿，春满乾坤福满门。除夕无疑是过年的高潮。上午要上坟，要贴春联贴门神。各处都有，门上有对联，槽头有"六畜兴旺"，树上有"树木茂盛"，就连井窑子、柴草棚也有"四季平安"，炕上则是"身卧福地"。晚上六点多夜幕降临，及时搭旺门前火，一家人出门响炮放花，火旺炮响花干脆漂亮，预示着人旺、日子红火、没有麻烦，一个死眼子炮足以让你忧心几天，一串儿稀里哗啦的鞭炮，足够让你过年的心劲儿瞬间化为乌有。燃毕，回屋吃饺子年夜饭。饭后，大人给小孩儿散压岁钱、散吃喝，接到礼物，男人要给长辈下跪拜年。而后，家长带儿孙去牌位底下点纸。供奉牌位的人家，客客气气收拾酒盘子招待。点纸后，回家看春晚、打牌、守夜。午夜时分，再燃放一通鞭炮，以庆祝跨年。许多男人通宵喝酒或耍花子赌小钱，女主人还要酒席伺候。

初一早饭后，畜兴牲口，给牛驴的头或尾上拴黄表，拉出槽头拴到桩上，再用老扫帚扫去它们身上的尘土、柴草。接着，全村动员，除六七十岁老人端坐家中，其余的都去拜年。即便路上遇见该拜的人（长辈或同辈中德高望重者），也要跪拜，哪怕在雪地。主家笑脸相迎，端吃喝招待，散纸烟、糖果、瓜子吃。初二，新女婿回丈人家拜年，初三、初四走亲戚、招待新女婿和亲戚。同姓的新女婿被各家轮流叫去吃饭，一日五六餐，吃得难以下咽、难受，但得忍着，要谦谦有礼、言语中听。这里，讲究耍新女婿，新女婿之间也可互耍、相互挖坑，如给碗里加进过量的盐、醋、油泼辣子，或给脸上扯黑，或开玩笑辩论，看每个人的应对，以判定其够不够成、是几成。稍不留神，"瓜女婿"的糗号一辈子便背定了，几十年后就连儿孙也会在舅舅舅爷家，听到父亲爷爷当年的"光荣往事"。初五五穷，早饭前从厨窑由里到外响三个大炮，以驱穷接福。初七人七，饭提前做好，当天不能动刀动针，更不能打骂孩子。还有"七不出八不入"的规矩，即初七不走亲戚、初八不回家。可不，初八开始，是大多数打工者愁绪满肠、离家的日子。初十"骨角顶门"，吃搓搓。一根搓搓真能顶门？周祖故里的人，何其智慧、绝顶幽默！

春日载阳，白天长起来，农活忙起来，不少人已离家。但，"猪毛猪鬃换颜色嘞"的吆喝声还四处可闻，年并没有过完。周祖故里的年，以四五场高潮迭起的焰火，倏然落幕。

元宵夜，提前挂好各屋、院落和大门上的灯笼，搭旺门前火。吃过饺子，全家兴致勃勃燃鞭炮、放烟火，而后，小孩子提着灯笼出门，到村头聚拢。一时间，村庄成了娃娃的海洋、灯笼的世界、焰火的天地。东风夜放花千树，更吹落，星如雨，人们忘情于灯火，互相攀比着、逗引着，欣赏着灯笼，有黄绿紫红色折叠式的火罐灯笼，有四方四正糊着白纸画的架子灯笼，更有大小各异的各种动物灯笼；小不点们玩疯了，须臾，谁烧了灯笼，哭闹起来……不少人家为哄开学的孩子收心学习，十六晚上让其再提一次心心念念的灯笼，而后投入一年漫长的等待中。元宵前后，有的村社耍社火，平添了浓郁的年味儿。

正月二十三开始，陕甘宁一连三天燎疳。入夜时分，人们在门口烧燎毛蒿大火。燎毛蒿干蹦轻薄，一遇火便燃爆，四五丈火焰冲天而去，异常壮观、热烈。大伙儿不约而同燎疳，一刹那，全村燃烧起来，全乡全县燃烧起来，整个周祖故里燃烧起来，大西北燃烧起来……火光跳跃，人影晃动，孩子们满庄跑，撒着欢儿，吆喝着，纷纷将燎毛蒿的火蛋蛋沾在唾了唾沫的土块上，奋力朝漆黑的夜空掷去。霎时，带火星的土块将天空划出无数靓丽的弧线、漂亮的图案，灿若流星、美比烟花，我们叫撒"红眼猴"。"红眼猴"，何其鲜活生动美妙的比喻！瞧，那天幕上跃动着的，可不就是一只只晶晶眼的小猴么！不消说，这是世界上最盛大最欢快的火把节，华彩绚丽的焰火宣告了年的终结。

年年岁岁花相似，岁岁年年人不同。包括燎疳在内的年俗，是周祖给生境艰苦、终岁劳苦、生生不息的子民发明的娱乐和节日，是教民稼穑、教化礼乐的周人智慧的见证。

本文2024年1月25日改定于西安兴庆轩，全文刊发于《视野》杂志2024年第4期，部分内容摘发于2024年2月6日《甘肃日报》百花副刊、2024年2月7日《文化艺术报》龙首文苑副刊等。

扫码获取
● 作者访谈实录
● 散文鉴赏点津
● 考场真题链接
● 创意写作启迪